나 내가 잊고 있던 단 한 사람

나 내가 잊고 있던 단 한 사람

정채봉 선집

코리아하우스

'나'와의 만남

오늘도 '나'를 잊고 사는 이들이 참 많다. 하루하루 무의미하게 살아가는, 몸은 깨어 있는데 정작 마음은 깊은 잠에 빠진.

나의 아버지 정채봉, 당신께서는 '나'라는 한 글자를 참 좋아했다. 〈오세암〉과 함께 꾸준히 사랑 받는 〈초승달과 밤배〉의 꼬마 주인공 이름을 '난나(나는 나)'라고 지을 정도였으니. 당신께 '나'란 '동심'이라고 일컬어지는 영혼의 작은 새싹이었다. 늘 정성을 다해 돌보고, 격려하고, 위로하고, 용서하고, 용기를 줘야 하는 여린 식물. 그러나 오늘도 수많은 '나'란 영혼의 싹들이 시름에 겨워 메말라 가고 있다. 무성의함을 탓할 수만도 없다. 작고 여린 싹을 내민 현실이라는 이름의 낯선 세계가 하필이면 뙤약볕이 내리쬐는 사막이니까. 태양은 뜨겁게 이글거리고, 마실 물은 턱없이 부족한. 하지만 아무리 힘들어도 '나'는 자라야 한다. 햇빛 속 봄만 따먹어도 피는 꽃처럼, 생명 있는 것은 포기를 모른다는 진리를 '나'는 알고 있으니.

아버지가 남긴 글 중 오래도록 맑게 빛나는 글 몇 점을 가려 뽑을 기회가 생겨 '나, 내가 잊고 있던 단 한 사람'이라는 이름을 붙인 연유도 이 때문이다. '나'가 어려움을 딛고 비로소 맑고 고운 영혼의 '나'가 되는 것, 그것이 아버지의 글을 한데 보듬는 의미가 아닐까 한다. 책 역시 '나'라는 이름을 호명한 순간, 비로소 맑은 영혼을 품는 것 같다.

갈 길은 먼데 어깨 위의 짐이 무거운 분들이 하루가 다르게 늘어나는 오늘. 당신께선 어차피 걷는 길이라면 혼자보다는 길동무가 있으면 좋겠다고 늘 말했다. 그것도 구수한 이야기를 한 보따리 짊어진 친구라면 여북 좋겠냐고. 힘들고 외로울 때마다 그래도 '인생은 아름답다'고 느끼며 지금이 행복임을 함께 깨달을 수 있는…….

당신께서 남기신 글이 그동안 내가 잊고 있던 단 한 사람 '나'를 위한 길동무가 되기를 간절히 빌어 본다. 사막과도 같은 각박한 현실 속에서 몸도 마음도 지친 이들에게, 갈수록 자신을 잃어가는 이들에게 단비 같은 희망이 된다면 바랄 것이 없다. '나'는 '나'다. 세상에서 유일한 소중한 사람.

하늘나라로 돌아가던 마지막 순간까지 '나'임을 포기하지 않았던, 동심을 잃지 않았던 아버지께 이 책을 보내 드린다.

정리태

차례

유혹, 그 동사와 피동사

아름다운 인생이여

날고 있는 새는
걱정할 틈이 없다

먼저 가는 사람

향기 자욱

첫 마음

첫 마음

1월 1일 아침에 찬물로 세수하면서 먹은 첫 마음으로
1년을 산다면.
학교에 입학하여 새 책을 앞에 놓고 하루 일과표를 짜던
영롱한 첫 마음으로 공부를 한다면.
사랑하는 사이가, 처음 눈을 맞춘 날의 떨림으로
내내 계속된다면.
첫 출근하는 날, 신발 끈을 매면서 먹은 마음으로 일을 한다면.
아팠다가 병이 나은 날의, 상쾌한 공기 속의 감사한 마음으로
몸을 돌본다면.
개업 날의 첫 마음으로 돈이 적으나 밤이 늦으나
손님을 언제나 기쁨으로 맞는다면.
세례 성사를 받던 날의 빈 마음으로 눈물을 글썽이며
교회에 다닌다면.
나는 너, 너는 나라며 화해하던 그날의 일치가 가시지 않는다면.
여행을 떠나는 날, 차표를 끊던 가슴 뜀이 식지 않는다면.

이 사람은, 그때가 언제이든지 늘 새 마음이기 때문에
바다로 향하는 냇물처럼 날마다
새로우며,
깊어지며,
넓어진다.

생선

생선이
소금에 절임을 당하고
얼음에 냉장을 당하는
고통이 없다면
썩는 길밖에
썩어 쓰레기통에
버려지는 길밖에

생명

겨울이 길다고 느껴지던 어느 날이었습니다. 눈目조차도 너무 오래 뻣뻣하다 싶었습니다.

나는 광에서 양파 하나를 꺼내 왔습니다. 그리고 유리컵에 물을 채운 다음 그 위에 양파를 앉혀 놓았습니다. 그렇습니다. 초등학생 시절 겨울에 자주 했던 양파에 싹 오르는 것을 보기 위해서였습니다.

며칠 후 과연 양파의 엉덩이에서는 하얀 뿌리가 내리고 머리에서는 파란 싹이 나타났습니다.

그동안 눈이 얼마나 저런 싹을 보고 싶어 했는지 이내 알겠더군요. 집에서 무료하다 싶으면 눈이 창가의 양파 컵에 가 있곤 하는 것이었습니다.

회사에서의 내 방은 두 평 남짓밖에 되지 않습니다만 4면의 벽 가운데 2면이 바깥 풍경과 연결된 유리벽입니다.

평소 남들의 발코니를 잘 보고 다니던 나인지라 은근히 내 방의 유리창 정경에 마음이 쓰일 때가 있습니다. 가능하면 꽃 한 송이라도 올려 두어서 나도 그렇지만 지나는 행인들의 눈 공양도 생각해 보는 것이지요.

그런데 얼마 전부터 안팎 사람들의 잔물음을 받는 일이 생겼습니다. 내 방의 남쪽 창에 올려 둔 화병에서 진달래 꽃망울이 터진 것입니다. 2월인 지금에. 조화가 아닌가 하여 일부러 꽃잎을 만져 보는 사람도 있습니다만 봄이면 우리네 산천에 꽃불을 놓는 틀림없는 진달래입니다.

이 진달래 한 다발은 길상사 개원날 마당에서 우연히 뵌 분이 서점에 나오는 길에 맡겨 놓았다고 해서 무엇인가 하고 가지고 올라와 풀어보았더니 처음엔 그저 잔나무가지였습니다. 그런데 가만히 들여다보니 꽃눈이 다닥다닥 붙은 진달래 가지가 아니겠어요? 화병에 물을 채워 꽂아 두었더니 세상에, 햇빛 속의 봄만 따먹었는지 이렇게 잘도 피어나고 있는 것입니다.

물론 내 얘기는 양파의 푸른 싹이나 진달래의 붉은 꽃만을 찬미하는 게 아닙니다. 보다 중요한 것은 생명 있는 것들은 저렇게 포기하지 않고 자기의 본래 모습을 드러내 놓는다는 사실입니다. 특히 진달래 꽃가지가 원근元根으로부터 꺾여 온 것은 우리 사람으로 말하면 반죽음이나 마찬가지 아닙니까. 그런데도 저렇게 잉태한 것을 물 한 가지만 먹고도 마침내 내놓고 마는 것이 갸륵하지 않은가요?

하긴 우리 고향에서 봄날 죽순 오를 때 보면 그들은 제자리를 누르고 있는 돌조차도 불끈 제치고 올라오거든요.

불에 수없이 담금질을 당한 부지깽이조차도 봄이 오면 파란 잎을 틔우고 싶어 한다는데 하물며 사람인 우리에게 있어서랴.

힘내시기 바랍니다.

이 순간

시계만을 평생 만지며 살아온 시계방 주인이 있었다.

이 시계방 주인이 자기 아들한테 주기 위해 시계를 만들었다. 시계방 주인은 아들한테 줄 시계의 초침을 황금으로 빚었다. 그리고 분침은 은으로, 시침은 동으로 하는 게 아닌가.

곁에 있던 그의 아들이 물었다.

"아버지, 시침을 황금으로 하고, 분침을 은으로 하고, 그리고 초침을 동으로 빚어야 하지 않는가요?"

시계방 주인이 대답했다.

"아니다. 초침이 가는 것이야말로 황금의 길이다. 초를 허비하면 황금을 잃는 것이야."

시계방 주인은 계속해서 말했다.

"그리고 분침이 가는 것은 은이 가는 길이다. 분을 아끼는 사람은 그나마 은 정도는 모으게 돼. 하지만 시침을 가지고 말하는 사람은 3등밖에 하지 못한다."

그의 아들이 대꾸했다.

"아니, 초가 모여서 분이 되고, 분이 모여서 시간이 되는데 어떻게 그렇게 등급이 나눌 수 있지요?"

시계방 주인이 말했다.

"네가 말한 것은 시간의 공식일 뿐이다. 초를 아끼지 않는 사람한테 어떻게 분이 있을 수 있으며 시간이 있을 수 있겠느냐? 내가 말한 것은 시간 소비에 대한 등급이다."

시계방 주인은 아들의 손목에 황금 초침 시계를 채워 주면서 말했다.

"이 세상의 변화는 초침에 맞추어지고 있다는 것을 잊지 마라."

만남

지리산 깊은 골에 칡이 태어났다.

칡이 눈을 떠보니 하늘을 향해 죽죽 자라고 있는 나무들 세상이었다. 칡은 저도 하늘 쪽으로 머리를 두고 커보리라 마음먹었다.

달이 가고 해가 바뀌어 다음 해 봄이 되었다. 그제야 칡은 자신이 땅으로만 뻗어 가는 넝쿨성임을 깨달았다.

칡은 산신령님께 부탁드렸다.

"신령님, 저도 하늘을 향해 자라서 후일 이 세상에 남는 무엇이 되고 싶습니다."

산신령님은 고개를 절레절레 저었다.

"태어나기 전은 모르겠으나 한번 몸을 받은 이상 천성을 바꿀 수는 없는 일이다. 정히 원한다면 네 노력으로밖에 할 수 없다."

칡은 사정사정하였다.

"노력도 길을 알아야 하지 않겠습니까? 불쌍한 저한테 길이라도 일러 주십시오."

"변화는 만남으로서만이 가능하다. 진정 좋은 만남을 가져 보려무나."

그날 이후 칡은 만남에 대해 생각하고 생각했다. 그리하여 어느 날 새벽, 잣나무 위에서 반짝이는 샛별을 보고 마음을 정했다.

곧게, 크게 자라는 저 잣나무와 벗하기로.

칡은 껍질이 벗겨지는 아픔을 참고 바위 위로 기어가 마침내 가장 높은 데 있는 잣나무 가지를 붙들어 잡았다. 칡은 잣나무와 함께 세한을 나고 또 세한을 났다.

세세연년이 흘렀다.

새 세기가 되었다.

산을 찾아온 사람들은 몇 사람이 안아야 할 잣나무를 보았다. 칡나무를 보았다.

두 나무는 함께 베였다.

그리하여 잣나무는 섬진강의 배가 되고

칡나무는 절의 기둥이 되었다.

*

지리산 화엄사의 대웅전 기둥 가운데 하나가 그 칡나무라고 한다.

하찮은 칡넝쿨도 만남이 좋아 기둥감이 될 수 있었다.

하물며 사람에게 있어서랴.

이기는 사람과 지는 사람

-J. 하비스의 말을 인용하여

이기는 사람은 '예'와 '아니요'를 분명히 말하나
지는 사람은 '예'와 '아니요'를 적당히 말한다.

이기는 사람은 넘어지면 일어나 앞을 보나
지는 사람은 넘어지면 뒤를 본다.

이기는 사람은 눈을 밟아 길을 만드나
지는 사람은 눈이 녹기를 기다린다.

이기는 사람의 호주머니 속에는 꿈이 들어 있고
지는 사람의 호주머니 속에는 욕심이 들어 있다.

이기는 사람이 잘 쓰는 말은 '다시 한 번 해보자'이나
지는 사람이 자주 쓰는 말은 '해봐야 별 볼일 없다'이다.

이기는 사람은 걸어가며 계산하나
지는 사람은 출발하기도 전에 계산부터 한다.

이기는 사람은 강자에게 강하고 약자에게는 약하나
지는 사람은 강자에게는 약하고 약자에게는 강하다.

이기는 사람은 행동으로 말을 증명하나
지는 사람은 말로 행위를 변명한다.

이기는 사람은 인간을 섬기다 감투를 쓰나
지는 사람은 감투를 섬기다가 바가지를 쓴다.

망원경과 현미경

망원경으로 우주의 '나'를 추적해 볼까요?

우주에는 천억 개 가량의 은하가 있고, 그 각각의 은하에는 또 천억 개 정도의 별이 있다고 합니다. 거기에다 같은 양의 혹성도 있고요!

그러니 우주의 바다에 떠 있는 별의 총수는 자그마치 100억의 1조 배나 된다고 합니다. 이 지구도 우주에서는 이처럼 한 티끌에 불과하지요.

그런데 '나'는 이 지구 속의 50억 사람 중의 하나이니 얼마나 작은 티끌 중의 티끌인가요?

이번에는 현미경으로 몸의 '나'를 추적해 보지요.

사람 중의 하나인 '나'의 몸은 33조라고 하는 상상하기도 어려운 많고 많은 세포들에 의해 조직되고 조화되어 생명을 유지하고 있습니다.

그중에서도 가장 정밀한 조직은 '나'의 머릿속에 있는 대뇌의

표면으로서 여기에 있는 140억 개의 신경 세포가 생각하는 기능을 한다고 합니다.

뭐가 좀 있다고 교만하지 마시오.
망원경으로 본 당신은 티끌 중의 티끌도 되지 못하오.

뭐가 좀 없다고 풀죽지 마시오.
현미경으로 본 당신은 엄청난 은하의 공동체이오.

도전 없는 과실

- 마 데바 와두다 우화에서

신이 이 세상에서 인간들과 함께 살았던 시절이 있었다.

하루는 호두 과수원 주인이 신을 찾아와 청하였다.

"저한테 1년 날씨만 맡겨 주시오. 딱 1년만 모든 게 절 따르도록 해주시오."

하도 간곡히 조르는지라 신은 호두 과수원 주인에게 1년을 내주었다.

1년 동안 날씨는 호두 과수원 주인의 마음대로 되었다.

햇볕을 원하면 햇볕이 내렸고, 비를 원하면 비가 내렸다. 적당히.

덜 여문 호두를 떨어지게 하는 바람은 없었다. 천둥도 없었다.

모든 게 순조롭게 되어 갔다. 호두 과수원 주인은 그저 잠만 자면 되었다.

이윽고 가을이 왔다. 호두는 상상할 수 없을 만큼 대풍년이었다.

산더미처럼 쌓인 호두 중에서 하나를 깨뜨려 본 호두 과수원 주인은 입을 떡 벌렸다.

세상에 알맹이가 하나도 없지 않은가. 호두는 전부가 빈껍데기 뿐이었다.

호두 과수원 주인은 신을 찾아가 이게 어찌 된 일이냐고 항의하였다.

신은 빙그레 미소를 띠고 말했다.

"도전이 없는 것에는 그렇게 알맹이가 들지 않는 법이다.

폭풍 같은 방해도 있고, 가뭄 같은 갈등도 있어야 껍데기 속의 영혼이 깨어나 여무는 것이다."

순간에서 영원으로

내가 지극히 무료하게 보내고 있는 이 순간에

한 줄기 바람 소리에 귀를 기울이고서 칼날을 느끼는 수도자가 있으며

한 생명을 탄생시키기 위해 구슬땀을 흘리며 진통을 참아 내는 산모가 있으며

사랑하는 사람을 떠나보내지 않을 수 없는 아픔에 눈물짓는 연인의 비통이 있으며

어떻게 흘러가 버린 물줄기를 되돌려볼까, 하고 음모를 꾸미는 무리가 있으며

힘차게 들어 올리는 지휘자의 지휘봉이 있으며

농간에 놀아나서 그것 하나로 몰락하고 마는, 그 서명을 지금 누군가 하고 있으며

임종을 맞이하는 사람도 있다.

어떤 환자는 이 순간에 이렇게 한탄하기도 한다.

"나는 아직 할 일이 남아 있다.

하느님, 조금만, 조금만 더 내게서 죽음을 유예시켜 주소서.
하릴없이 무료히 앉아 있는 사람이여! 내게 그 시간을 적선해 주
소서!"

바로 지금이 나의 이 세상 전부이다.
깨어라, 지금!

옷걸이들 세상

세탁소에 갓 들어온 새 옷걸이에게 고참 헌 옷걸이가 한마디 하였다.

"너는 옷걸이란 것을 한 시도 잊지 말길 바란다."

"왜 옷걸이라는 것을 그렇게 강조하시는지요?"

"잠깐씩 입혀지는 옷이 자기의 신분인 양 교만해지는 옷걸이들이 많은 세상이기 때문이다."

세 가지 질문
- 톨스토이 민화에서

왕이 있었다. 그는 가장 중요한 때가 언제인지, 그리고 가장 중요한 사람이 누구이며, 어떤 것이 가장 중요한 일인지를 알고 싶어 했다.

왕은 지혜가 많다고 소문난 도사를 찾아가 물어보기로 했다. 그 도사는 깊은 숲 속에서 자기의 거처를 한 번도 떠나지 않고 자기가 농사지은 만큼만 먹고사는 사람이었다.

왕은 도사의 암자로부터 멀리 떨어진 곳에서 말을 내렸다. 그리고 신하들을 돌려보내고 혼자 걸어갔다. 마침 도사는 텃밭에서 일을 하고 있었다.

왕은 물었다.

"도사님, 우리가 결코 후회하지 않게 꼭 지켜야 할 시간은 언제인가요?

그리고 어떤 사람을 멀리하고 어떤 사람을 가까이해야 하며

어떤 일을 중요시해야 합니까?"

그러나 도사는 묵묵부답이었다. 그저 땅 파는 일을 계속할 뿐.

늙고 마른 도사가 일을 하는 것이 왕의 마음에 걸렸다.

"도사님은 너무 지쳤소. 삽을 이리 주시오."

왕이 도사 대신 땅을 파는 동안 해가 졌다.

일을 마치려 할 때였다. 뒷산으로부터 칼을 찬 한 사람이 달려 내려와서 왕과 도사 앞에 쓰러졌다. 그 사람은 맹수한테서 습격을 당해 피를 흘리고 있었다. 왕과 도사는 황급히 부상자를 암자로 옮겨서 치료했다.

이튿날 아침이었다. 몸이 회복된 사람이 왕 앞에 무릎을 꿇고 말했다.

"나는 임금님의 정치에 원한을 품고 임금을 죽이고자 뒤를 밟았던 자객이었습니다. 그런데 이렇게 극진한 간호를 받고 보니 나의 원한이 다 사라져 버렸습니다."

왕은 기쁜 마음으로 도사를 찾았다. 도사는 어제 파헤친 텃밭에서 씨앗을 뿌리고 있었다.

"도사님, 나는 당신 덕분에 나를 해치려 한 사람을 친구로 만들었소. 이제 간절히 바라는 것은 내가 말한 어제의 질문에 도사께서 답을 해주시는 것이오."

도사는 말했다.

"임금님께서는 이미 대답을 얻었습니다. 만일 어제 나를 동정하여 이 채마밭을 갈아주지 않고 돌아갔더라면 자객의 칼을 받았을 것이니 그때가 중요한 때이지요. 그리고 맹수에 물린 그 사람을 도와 원한을 풀었으니 그 사람보다 중요한 사람이 어디 있으며 그 일보다 중요한 일이 어디 있겠습니까."

도사는 씨앗 뿌리는 손을 쉬지 않으며 계속해서 말했다.

"잘 기억하십시오. 가장 중요한 때란 한순간, 순간뿐입니다. 우리는 다만 그 순간만을 지배할 수 있기 때문입니다. 또 결코 없어서는 안 될 사람이란 그 순간에 만나는 사람이며, 가장 중요한 일이란 그 순간에 만나는 사람을 도와주는 것입니다."

어떤 유산

거지네 왕초가 병에 걸려 임종을 앞두게 되었다. 왕초는 부하들을 불러 모았다. 왕초가 어렵게 입을 열었다.

"사랑하는 너희한테 나의 유산을 공평하게 분배해 줄 테니 유감없이 받아라."

벙거지는 평소 귀여워하던 똘마니한테 물려주었다.
심부름 잘 다닌 연락책한테는 깡통 밥그릇을 물려주었다.
상납 성적이 좋은 내무반장한테는 거적을 물려주었다.
의리의 보디가드에게는 외투를 물려주었다.

모두들 유품을 받아 들고 좋아라하며 떠나고 가장 사랑하는 따까리 혼자만 남았다. 왕초는 품속에서 문서를 꺼내 주었다. 그 문서에는 관내 유명 부자와 유지들의 집안사람들 생일과 제사 날짜가 죽 적혀 있었다. 그러나 감복할 줄 알았던 따까리의 얼굴이 뜻밖에도 일그러졌다.

따까리가 문서를 북북 찢으며 말했다.

"왕초님, 왜 저를 있는 집에서 자식한테 재산 물림하는 식으로 대합니까?

이건 저를 사랑하는 것이 아니라 썩게 하는 것입니다."

당신의 극장

그 극장에서는 〈당신〉이라는 연극이 상연된다고 했다.

그는 안내자에게 물었다.

"주연은 누굽니까?"

"당신이지요."

"뭐라구요? 당신이라니, 그럼 저라는 말입니까?"

"그렇습니다."

"아니, 그렇다면 왜 진작 알려 주지 않았습니까? 연습을 하고 나왔어야 할 게 아닙니까?"

"이 극에는 연습이 없습니다."

"몇 번을 하는데요?"

"단 한 번뿐입니다."

"앙코르 공연도 없다는 말입니까?"

"그렇습니다."

안내자가 주의를 주었다.

"그런데 이 극에서는 도중에 퇴장 명령을 받을지도 모르니 조심하십시오."

"아니, 중도에 포기하게도 한다는 말입니까?"

"그렇습니다. 언제 땡하고 퇴장 명령이 내릴지 모릅니다."

"누가 그런 명령을 내립니까?"

"신이시지요."

그는 무대 위로 올라갔다. 그가 한 첫 연기는 숨을 쉬자마자 울음을 터뜨리는 일이었다. 이리하여 〈당신〉의 삶, 곧 연기는 지금도 계속된다.

실수하지 말라. 이건 연습이 아니다.

자만하지 말라. 언제 퇴장 명령이 내릴는지 모른다.

자기 안경

한 마을에 지혜로운 노인이 있었습니다.

마을 사람들끼리 다툼이 있을 때 또는 마을에 어려움이 있을 때 사람들은 이 노인을 찾아가 지혜를 빌려와 해결하곤 하였습니다.

그런데 어느 날 이 지혜로운 노인에게 먼 마을 젊은이가 찾아와서 물었습니다.

"이 마을에 살고 있는 사람들은 어떤 사람들입니까?"

노인은 눈을 감고 있다가 되물었습니다.

"자네가 살고 있는 마을 사람들은 어떤 사람들이지?"

젊은이가 자조적인 웃음을 띠며 대답하였습니다.

"말도 마십시오. 우리 마을 사람들은 자기 욕심에만 눈에 불을 밝힐 뿐 함께 살아가는 공동체 의식이란 손톱만큼도 없습니다."

이 말을 들은 노인의 대답은 금방 나왔습니다.

"이 마을 사람들도 그렇다네."

그 젊은이가 대꾸 없이 돌아간 뒤 얼마가 지나자 이번에는 다른 마을의 젊은이가 찾아왔습니다. 이런저런 이야기 끝에 그 젊은이가 또한 물었습니다.

"이곳에 살고 있는 사람들은 어떤 사람들입니까?"

노인은 이번 역시도 눈을 감고 있다고 되물었습니다.

"자네가 살고 있는 그곳 사람들은 어떤 사람들이지?"

젊은이가 신나서 대답하였습니다.

"아름다운 사람들이죠. 어린이들을 사랑하고, 인정이 넘치며, 누구에게나 친절하고요. 들꽃 하나도 함부로 대하지 않는 사람들이어요."

이 말을 들은 노인의 대답 또한 신이 났습니다.

"이곳 사람들도 그런걸."

젊은이가 돌아가자 이제까지 곁에서 스승의 말을 듣고 있던 제자가 물었습니다.

"두 젊은이의 마을 환경은 각각 다른 것이었는데, 왜 우리 마을과 같다고 대답하셨습니까?"

노인은 빙그레 웃으며 대답하였습니다.

"사람들은 모두 자기가 만든 환경에서 살아가게 마련이라네. 자기 마을을 나쁘게 생각하는 사람은 이 마을에 와서도 역시 좋을 리 없지. 그러나 자기가 살던 곳을 아름답게 생각하는 사람은 이곳 역시도 아름답게 가꿀 수 있지. 명심하여야 하네. 타인이란 각자가 마음속에 생각하는 그대로의 모습으로 자기 앞에 나타난다는 것을."

유혹, 그 동사와 피동사

환영

　내가 영세 받기 전에 일이다. "성당에 나오시지요." 하고 권하는 신부님께 내가 물었다.

　"거기는 죄 없는 사람이나 다니는 곳 아닙니까?"

　그러자 신부님이 이렇게 반문하는 것이었다.

　"세탁소에 어디 깨끗한 옷이 갑니까? 더러운 옷일수록 세탁소를 찾는 것 아닙니까?"

묘지기의 엽서

모두 빈손으로 오더라. 근자에는 교통사고로 많이 오더라.

살찐 사람일수록 구더기가 많이 끓더라. 이쪽에 대해서는 천년 만년 기대할 것이 없다.

썩지 않는 쪽에 대해서나 좀 알아보고 살기 바란다.

원숭이들

아프리카 원주민들이 가장 손쉽게 원숭이를 잡는 방법입니다.

먼저 가죽으로 자루를 만들되 입을 좁게 합니다. 그러니까 원숭이의 손이 겨우 들어가고 나올 정도입니다. 다음에는 그 자루 속에 원숭이가 좋아하는 과실을 넣어서 나뭇가지에 매달아 놓습니다.

원숭이가 나타납니다. 녀석은 자루 속을 들여다보곤 '웬 떡이냐'며 희희낙락합니다. 그러고는 '얼씨구나' 하고 자루 속에 손을 집어넣어 과실을 꺼내려고 합니다. 그러나 원숭이의 손은 자루에서 빠져나오지를 못합니다. 과실을 쥐고 있으니까요.

나뭇가지에 매여 있는 가죽 자루, 그 가죽 자루 속에 붙들려 있는 원숭이의 손.

가장 간단한 이치를 가련한 원숭이는 모르고 있습니다. 손안에 쥔 먹이를 놓아 버리면 될 것을. 그러면 저 자유의 숲을 다시 누빌 수 있으련만. 원숭이를 죽음으로 몰아가는 것은 다름 아닌 원숭이의 욕심입니다.

　지금 당신은 무엇을 손에 쥐고서 놓지를 못합니까?

　그 욕심 때문에 당신의 인생이 끝장날지도 모를 일입니다.

하루땅

러시아에 전해 오는 이야기입니다.

한 마을에 파흠이라는 사람이 살고 있었습니다. 파흠은 누구보다도 논밭을 넉넉히 가지고 있었습니다만 더 가지고 싶은 욕심이 많아서 누가 땅이라는 말만 들먹여도 귀를 번쩍번쩍 세우곤 하였습니다.

그러던 어느 날이었습니다. 그는 한 나그네로부터 기가 막힌 정보를 입수하였습니다. 곧, 적은 돈으로도 많은 땅을 살 수 있는 곳이 있다는 것이었습니다. 파흠은 당장 서둘렀습니다. 돈주머니를 허리에 차고 그곳을 향해 길을 떠났지요. 드디어 파흠은 땅을 마음대로 골라서 살 수 있다는 바슈키르에 당도하였습니다.

여기 사람들은 멍청하게도 무한히 넓은 땅의 한 귀퉁이에서 작은 오두막들을 짓고 조용히 살고 있었습니다. 누가 더 차지하기 위해 다투는 일도 없었으며, 그저 서로 마음 놓고 소와 양을 키우면서 농사를 짓고 사는 사람들이었습니다. 파홈은 촌장을 찾아가 말하였습니다.

"나는 땅을 사기 위해 왔습니다."

"그렇습니까? 그럼 사시지요."

"땅값은 얼마인지요?"

"하루에 천 루블입니다."

파홈은 침을 꼴깍 삼키면서 물었습니다.

"하루라는 것은 땅 몇 평인지요?"

"우리는 그런 셈은 잘 모릅니다. 다만 당신이 하루 동안 걸어 다닌 땅은 모두 당신의 것으로 인정한다는 말입니다."

파홈은 흥이 났습니다.

'하루 동안 걸어 다닌 땅을 천 루블로 살 수 있다니, 이 얼마나 큰 횡재인가 말이다.'

촌장이 한마디 덧붙였습니다.

"한 가지 명심하여야 할 일이 있습니다. 당신은 해가 뜰 때 걷기 시작해서 해가 지기 전에 제자리에 돌아와야 합니다. 물론 당신이 걸어간 곳에 표시를 해 두어야 하고요. 만일 당신이 돌아오지 못하면 돈은 우리 차지고 당신에게는 땅이 돌아가지 않습니다."

파흠은 얼씨구나 하고 천 루블을 지불하였습니다. 그러고는 해가 뜨자마자 부리나케 걸었습니다. 파흠은 시간이 아까워 밥도, 물도 걸으면서 먹었습니다. 물론 쉬지도 않았구요.

정오가 되었습니다. 그러나 파흠은 더 좋은 땅이 자꾸만 나타났기 때문에 발길을 돌릴 수가 없었습니다.

어느덧 해가 서쪽으로 제법 기울었습니다. 그제야 파흠은 허겁지겁 삽으로 표시를 한 다음 돌아오기 시작하였습니다. 그러나 뛰어도, 뛰어도 출발했던 지점은 나타나지 않았습니다.

'해가 떨어지기 전에 돌아가야 이 땅이 모두 내 차지가 되는데……'

입에서 단내가 났습니다. 눈앞이 가물가물하였습니다.

파흠은 간신히 해가 지평선에 넘어갈 무렵에 출발점으로 돌아왔습니다. 하지만 그는 그 자리에 쓰러져서 영영 다시 일어나지를 못했습니다. 바슈키르 사람들은 파흠의 시체를 그곳에 묻어주었습니다. 그가 차지한 땅은 겨우 한 평이 조금 넘을까 말까 했습니다.

유혹

오래된 우리 이야기 가운데 〈해와 달이 된 오누이〉가 있지요. 할머니의 무릎에서 혹은 엄마가 읽어 준 그림책으로 다들 알고 있으리라 믿습니다만, 다시 한 번 확인해 보자면 줄거리는 대강 이러하지요.

외딴 두메에서 홀로 어린 오누이를 키우고 사는 여인이 있었습니다. 논밭 한 뙈기도 없는지라 여인은 아랫마을로 품삯 일을 다녔습니다. 그런데 찬바람이 매섭게 부는 어느 늦가을 날이었습니다.

여인은 그날도 아랫마을에서 품삯 일을 하고 떡을 하는 일이 늦게 끝나는 바람에 별이 초롱초롱 떴을 때서야 떡을 얻어 머리에 이고서 집으로 돌아오게 되었습니다.

그런데 여인이 지나가야 하는 고갯마루에는 배고픈 호랑이란 놈이 턱 버티고 앉아서 여인한테 수작을 거는 것이었습니다.

"떡 하나 주면 안 잡아먹지."

물론 불쌍한 여인은 떡 하나를 호랑이한테 건네고 몇 걸음을 옮

깁니다. 하지만 엉큼한 호랑이는 떡 하나를 받아먹고 돌아서 가는 것이 아닙니다. 떡 하나를 달랑달랑 받아먹고서 졸졸 따라오며 "떡 하나 주면 안 잡아먹지."를 연발합니다.

마침내 여인의 떡 바구니는 바닥이 납니다. 이때 엉큼한 호랑이가 요구한 것은 무엇인지요. 그렇습니다. 이번에는 "팔 하나 주면 안 잡아먹지."라고 합니다. 그리하여 여인은 두 팔, 두 다리를 잃는 동안 오누이가 기다리고 있는 오두막 앞에 도착합니다.

아니, 호랑이 편에서 본다면 슬기롭게 입맛을 다시면서 오두막을 알아낸 것입니다. 고갯마루에서 여인을 처음 보았을 때 당장 덮쳐서 한입에 요리할 수도 있었지요. 그러나 그렇게 했다면 떡 바구니를 버렸거나 여인을 놓칠 가능성도 있었지요. 하지만 이 교활한 호랑이는 떡과 여인만 먹는 것이 아니라 오누이까지도 잡아먹을 수 있는 요령을 부린 것입니다. "떡 하나 주면 안 잡아먹지."라는 꾀로 말입니다. 물론 이 이야기는 호랑이가 오누이까지 잡아먹으려다 수수깡에 똥구멍이 찔려서 죽고 마는 것으로 마무리됩니다. 오누이는 무사히 하늘에 올라가 해와 달이 되었구요.

나는 우리의 이 옛날이야기를 이렇게 해석하려고 합니다. 바로 이 교활한 호랑이는 유혹의 수법인 것입니다.

호랑이가 마음만 먹었다면 고갯마루에서 여인을 덥석 삼킬 수도 있었을 것입니다. 그러나 여인의 반항을 불러일으켜 필요 없는 힘을 버릴 가능성도 있습니다. 그리고 아이들이 있는 오두막은 알아낼 수가 없었을 테지요.

그런데 이 호랑이의 영민함을 보세요.

"떡 하나 주면 안 잡아먹지."라고 하지 않습니까. 이처럼 악惡 또한 인간의 머리 꼭대기에 있습니다. 송곳이 가는 쪽으로부터 들어가듯 세상 악의 유혹은 이렇듯 '떡 하나'로부터 시작합니다. 그래서 뇌물이 '떡값'이라는 은어로 통용되는지도 모르지요.

엉큼한 남자가 여자를 유혹하는 수법도 보세요. 처음에는 하찮은 손목 잡기로 시작하지 않습니까. 다음에는 어깨, 가벼운 포옹, 그리고 '팔 하나 주면 안 잡아먹지.', '다리 하나 주면 안 잡아먹지.'에 해당하는 유혹을 내가 굳이 여기에 쓰지 않더라도 아시겠지요. 마침내 온몸을 삼키는 그 수법이 호랑이 연기에서 나타나고 있지 않은가요.

본드 흡입이나 마약 역시 '한번 해볼까'로 시작하지만 '이번 한 번만'으로 발전하여 전체가 구렁텅이에 빠지게 되고 말지 않습니까.

부디 '떡 하나'에 속지 마시기를.

'나쁜' 놈들

천국이나 지옥이나 어느 것 하나 다르지 않았다.

천국도 푸른 초원이었고 지옥도 푸른 초원이었다.

맑은 물 또한 천국과 지옥 차별하지 않고 흐르고 있었고,

부는 바람 역시 양쪽 다 감미로웠다.

조물주가 차려 놓은 식탁 또한 똑같았다. 산해진미가 그릇마다

가득가득하였다.

오직 사람들만이 달랐다.

천국에는 나누며 사는 사람들이 들어갔고 지옥에는 '나'뿐인 사람들이 들어갔다.

사람들은 식사 시간이 되어 식당으로 찾아들었다.

그런데 그곳의 식탁은 저만큼씩 떨어져 있어 팔이 닿지 않았다.

그리고 숟가락과 젓가락의 길이가 석 자씩이나 되었다.

멀리 있는 식탁, 기다란 숟가락과 젓가락, 식탁의 음식물을 집을 수는 있어도 자기 입에는 도저히 넣을 수가 없게 되어 있었다.

지옥의 나뿐인 사람들은 음식물을 떠서 헤치기만 할 뿐 아무도 먹지를 못해 아수라장이 되었다. 그러나 천국의 나누며 사는 사람들은 긴 숟가락과 젓가락으로 음식물을 떠서 상대편을 먹이니 서로가 배부르고 화기애애하였다.

날로 지옥은 황폐해졌고, 날로 천국은 푸르러 갔다. 조물주가 말하였다.

"내가 지옥을 만든 게 아니다. 너희들 중 나뿐인 녀석들이 지옥이 되게 하였다. 알겠느냐? '나뿐' 놈들!"

그 아들에 그 아버지

마루 밑에서 잃어버린 만년필을 마루 위에서 찾고 있는 아들한테 아버지가 말했다.

"이 미련한 녀석아, 마루 밑으로 들어가 찾아야 하지 않느냐?"

그러자 아들이 대꾸했다.

"아버지도 낮은 데에 있겠다는 예수님을 높은 데로만 찾아다니면서 뭘 그러세요."

일곱 금 단지
- 라마크리슈나 우화에서

임금님의 이발사가 있었다.

하루는 유령 붙은 나무를 지나가는데 이런 소리가 들려왔다.

"내게 황금이 일곱 단지가 있는데 갖고 싶지 않니?"

이발사는 사방을 두리번거리다가 아무도 안 보이자 얼른 대답했다.

"갖고 싶고말고요. 주시기만 한다면야!"

"그럼 얼른 집으로 가봐. 광 속에 틀림없이 있을 테니까."

그런데 여섯 번째 단지까지는 황금이 가득가득 차 있는데 일곱번째 단지가 반밖에 차 있지 않았다. 이발사는 반만 찬 단지를 황금으로 마저 채울 것을 궁리했다. 반밖에 차지 않은 단지가 불만이었다.

이발사는 자기 집에서 값이 나갈 만한 물건을 모두 내다 팔았다. 그 돈을 금으로 바꾸어서 반밖에 차지 않은 단지에다 쏟아 넣었다. 그러나 반 단지는 매양 반 단지였다.

이발사는 허리띠를 졸라매었다. 먹을 것을 적게, 그것도 죽지 않을 만큼만 먹고, 쓸 것도 쓰지 않는, 구두쇠 중에서도 왕초 구두쇠가 되었다. 물론 반 단지를 마저 채우기 위하여. 그런데 반밖에 차지 않은 단지는 매양 그대로였다.

이발사는 임금님께 봉급을 올려 주십사 하고 간절히 청했다. 봉급이 배로 올랐다. 봉급을 몽땅 털어 금을 사서 단지 속에다 넣었다. 그러나 반 단지는 반 단지일 뿐, 이발사는 동냥질까지 나섰다. 오직 반 단지를 마저 채울 욕심으로.

이발사의 여위고 궁상맞은 꼴이 임금님의 눈에도 역력하게 드러났다.

"무슨 좋지 않은 일이라도 있느냐? 전에는 작은 일에도 기뻐하고, 흡족해 하더니 요즘은 걸신들린 사람 같구나. 혹시 너 일곱 금단지를 가진 게 아니냐?"

이발사는 깜짝 놀랐다.

"내가 황금 일곱 단지를 가졌다는 걸 누구한테서 들으셨습니까? 폐하!"

임금님의 껄껄 웃었다.

"일찍이 나도 그 유혹을 받은 적이 있었다. 허나 그때 난 그 황금을 내가 써도 좋다거나 아니면 그냥 그대로만 저장할 수 있게 해달라고 청했지. 그랬더니 유령은 두말없이 사라져 버리더구나. 너도 지금 당장 가서 그걸 되돌려 주도록 하라. 그러면 전처럼 다시 행복해질 것이니라."

먼저

술 취한 형을 고자질하러 온 술 취한 동생에게 아버지가 말했다.
"너 먼저 깨어라."

유혹, 그 동사와 피동사

나한테는 그리운 친구가 몇 있다. 그중에 서울의 청계천에서 리어카로 남의 짐을 운반해 주면서 살아가는 명구는 내가 이 세상에서 만난 첫 친구이다.

그와 나는 남녘 벽촌의 한 고샅에서 태어났고 또한 위아래 집에서 같이 자랐다. 명구와 헤어진 것은 초등학교 3학년 때인데 이삿짐을 싣고 가는 배 안에서 나는 그의 손 흔드는 모습이 티끌 같은 점으로 사라질 때까지 울고 또 울었었다.

이 명구를 재작년에 다시 만났다. 실로 30년 만의 해후였다. 나는 그가 끄는 대로 청계천 골목 안으로 들어가서 술을 마셨다. 과붓집이라고 하는 포장마차에서 우스갯소리도 꽤 했던 것으로 기억하는데 헤어질 무렵에 그 친구가 나한테 이렇게 말했다.

"니 참 많이 변했다."

"뭐가?"

"내가 알고 있는 너는 지금 그 얼굴이 아니다. 여자들 앞에서 이름을 부르기만 해도 능금처럼 뺨이 벌게지곤 했는데…… 그동안에 기름이 많이 뜨는 숭어 국처럼 느글느글하게 변했구나."

순간 내가 충격을 받은 듯하자 순진한 이 친구는 얼른 말을 뒤집었는데 사실은 그가 위로한다고 한 말이 더욱 내 가슴을 아프게 했다.

"서울 사람 다 됐다야. 살도 많이 붙고 허얘지고…… 얼굴이 영판 좋다."

불교에서는 진면목을 자주 말한다. 물론 뜻을 캔다면 깊은 데에 그 뿌리가 있겠지만 간단한 의미로는 '본래의 모습'을 말한다.

나의 본래의 모습, 그러니까 부끄러움 잘 타고 눈만 커 보이는 마른 얼굴이 허위의, 기름때 같은 뻔뻔스러움으로 느글느글해졌다는 것은 유혹이 피동사에서 동사로 변하고 있는 징후가 아닐까.

아이들의 만화에는 악마의 모습이 흉한 모습으로 등장한다. 아이들이 보는 순간에 '아, 저 괴물은 악마다.' 하고 알아본다.

그러나 이것은 식별의 능력이 아직 부족한 아이들에게 만화가 베푸는 친절일 뿐이다. 사람으로서는 상상도 못할 죄를 지은 이의 얼굴도 우리 가운데 표 나지 않고 있다는 것을 알아야 한다. 어떤 면에서 보면 유혹자의 얼굴은 보통 사람보다 더 거룩해 보일 수도 있다.

시간이나 위급을 알리는 사이렌은 원래 그리스 신화 '세이레네스'에서 연유한 것이다. 세이레네스는 피에 굶주려 산 사람을 유혹하는 흉녀인데 얼굴은 아름다운 여자, 몸은 새이다. 이들은 카프리 섬과 세이레네스 섬 일대의 바닷가에서 노래로 배꾼들을 유혹하여 걸려드는 사람들을 잡아먹었다고 한다. 그런데 어느 날 원정선 아르고호가 그 섬 옆을 지날 때 세이레네스가 노래로 그들을 유혹했으나 그 배에 승선해 있던 대음악가 오르페우스가 더 아름다운 노래를 불러 그들을 물리쳤다는 것.

이 신화에서 보더라도 아름다운 얼굴과 아름다운 목소리로 분장한, 그야말로 사이렌으로 위급을 알리지 않으면 안 될 유혹자는 우리 곁에 늘 그럴듯한 탈로 변신하고 있다는 것을 잊지 말아야 한다.

나는 얼마 전에 〈훼방꾼들〉이라는 우화를 하나 썼다. 이 이야기는 '악마들의 마을이 있다.'로부터 시작한다. 여기 마을의 악마들 임무는 이루고자 하는 사람들을 이루지 못하도록 훼방 놓는 것이다. 그런데 이 마을의 무수한 악마 중에서도 뻔질나게 인간 세계로 드나드는 단골은 '오늘 일을 내일로 미루게 하는 나태'와 '깨우침이 없는 어제처럼 오늘을 살게 하는 관습'과 '한 일보다도 나타냄이 약간 높은 선심', 그리고 '쥐꼬리만 한 앎을 가지고 황소 머리만 하게 드러내기 좋아하는 교만'과 '모든 예지를 눈멀게 하는 애욕'이라고 보았다.

이 유혹의 악마들은 오늘도 뜻을 이루려고 하는 사람들을 이루지 못하도록 하기 위해 눈코 뜰 사이 없이 인간 세계를 향해 달려들고 있다는 것으로 내 우화는 끝을 맺었지만 뷔파애라는 사람은 더 상세한 유혹의 예를 제시하고 있다.

그것은 '처녀 도적질'의 요령인데 남자는 먼저 아가씨의 마음을 사기 위하여 공치사를 남발한다. 사람은 누구든지 아부성의 찬사에는 약해지게 마련. 그녀의 마음이 부풀어 있을 때, 다음으로는 친절을 베푼다. 그러면 아가씨는 고마움에 눈이 뜨이는데 이때 남자는 이렇게 말한다는 것이다.

"나의 아내는 나를 조금도 이해하지 못한다. 나는 아주 불행한 결혼 생활을 하고 있다. 좀 더 빨리 당신을 만나지 못한 것을 후회한다."

이렇게 되면 아가씨는 단순한 감상과 허영만이 아니라 연민의 정까지 일게 된다. 이 기회를 놓치지 않고 남자는 선물을 한다. 선물에 약해지지 않는 여자 어디 있으랴.

과연 이 이후부터 아가씨는 자기에게 이처럼 친절하고 섬세함을 보여 주는 남자는 만나기 어려우리라는 자기변명 속에서 파멸의 길로 나아간다는 것이다.

그러나 어디 이 수법이 남자가 처녀 호려 내는 데에만 통용되랴.

무슨 유혹이건 이와 같은 찬사와 친절로 우리들 안의 허영을 부추기고 감언이설과 뇌물로 꼼짝 못하게 묶어서 사망의 골짜기로 몰아가고 있지 않은가.

나는 바깥의 유혹보다는 내 안의 유혹이 더 무섭다고 생각하는 사람 중의 하나이다. 10대 때는 이것이 눈에 몰려 있는 듯했다. 보는 것, 그것에 대한 탐이 어느 때보다도 강했던 것이다.

20대에 들어서는 유혹이 귀로 쏠리는 듯했다. 귀가 유난히 밝은 것 같았고 들리는 것마다에 호기심과 갈증을 느꼈다. 그러던 것이 30대에 들어서는 혀에 곤혹을 느꼈다. 입만 열면 교만과 모함이 쏟아져 나오려고 했다.

그러다 40대에 이른 지금에야 나는 비로소 남이 나를 유혹하는 것이 아니라 내가 나를 유혹하고 있음을 깨달았다. 내 스스로가 그런 빌미를 기다리고 있는 것이다. 나태의 유혹을, 관습의 유혹을. 그리하여 핑계만 있으면 고통스러운 영혼의 의지를 떼어 버리고 몸이 편하자는 대로 살려고 하지 않는가.

일찍이 토마스 아 켐피스는 〈준수성범〉에서 "불은 쇠를 시험하고 유혹은 바른 사람을 시험한다."고 했다.

내가 나를 다스릴 수 있는 사람이야말로 진실로 강자라 할 수 있을 것이다.

여름날의 일기

누에를 보았다.
그저 쉬지 않고 먹기만 하는 벌레를.
먹고, 먹고, 먹고……
저렇게 먹을 수 있다니, 하는 놀라움까지도
먹어치우는 한심스러운 벌레.

벌을 보았다.
이 미물은 쉬지 않고 꿀을 따와서 재기만 하였다.
모으고, 모으고, 모으고……
나눌 줄을 모르고 그저 창고에 쌓을 줄밖에 모르는 불쌍한 녀석.

매미를 보았다.
이 곤충은 끊임없이 노래나 부르고 노는 한량이다.
노래하고, 노래하고, 노래하고……
땀 흘리며 일하는 수고는 모르고 내내 즐기기만 하는 저 저주받을 녀석.

'아, 가련한 것들.'

나는 누에와 벌과 매미를 보면서 한숨을 쉬었다.

이때 내 곁에서 또한 누군가 한숨을 쉬는 소리가 들렸다.

주위를 둘러보았다. 그러나 아무도 없었다.

이때 나는 문득 깨달았다.

'그래 하느님이 우리를 보고 쉬신 한숨이다. 누에처럼 사는 인간, 벌처럼 사는 인간, 매미처럼 살고 있는 인간을 보면서 하느님께서 안타까워 한숨을 쉬신 것이다.'

차 있는 무덤

아우가 말했다.

"꿈에 내가 본 몇몇 사람들의 무덤은 여우 굴이 되어 있기도 하고 독사 굴이 되어 있기도 하던데요."

형이 대답했다.

"그게 바로 비우지 않은 인간들의 마음속이란다."

아름다운 인생이여

11월에

나는 1년 열두 달 가운데서 동짓달을 맨 처음 기억하였다. 할아버지께서 나의 성씨와 본과 생일이 든 달을 첫 기억에 넣어 주셨기 때문이다.

동짓달, 11월. 유년 시절에는 막연히 미역국 한 그릇 먹고 양말이나 신발을 한 켤레 얻어 신던 생일이 들어 있어서 기다려지던 이 달이 성냥개비로 탑 쌓는 것 마냥 나이가 불안스럽게 올라갈수록 점점 구체적으로 좋아지게 되었다.

만추면서 겨울로 들어서는 길목, 화장 지우는 여인처럼 이파리를 떨구어 버리는 나무들 사이로 차가운 안개가 흐르고 텅 비어 버린 들녘의 외딴 섬 같은 푸른 채전에 하얀 서리가 덮이면 전선줄을 울리는 바람 소리 또한 영명하게 들려오는 것이어서 정말이지 나는 이 11월을 좋아하였다.

삶에 회의가 일어 고개를 숙이고 걷다가도 찬바람이 겨드랑이께를 파고들면 '그래 살아 보자' 하고 입술을 베어 물게 하는 달도 이 달이고, 가스 불꽃이 바람 부는 대로 일렁이는 포장마차에 앉아서 소주의 싸아한 진맛을 알게 하는 달도 이달이며, 어쩌다 철 이른 첫 눈이라도 오게 되면 축복처럼 느껴져서 얼마나 감사해한 달인가. 그런데 이처럼 사랑하는 11월이 나에게 절망까지 알게 할 줄이야.

작년 10월부터 나는 잠을 자고 일어나면 등이 땀에 흠뻑 젖어 있 곤 했다. 처음엔 감기 기운이 있다고 하니까 파출부 아주머니가 침대에 전기요를 깐 것으로 짐작했다. 그러나 그것도 아닌 것을 알았을 때는 몸살에서 오는 열이려니 하고 가볍게 여겼다.

11월에 들어서면서는 햇볕 속을 걸을 때 햇볕이 아지랑이 그물 코처럼 출렁거리는 것 같았다. 그리고 뜨겁지 않은 밥을 먹을 때 도 땀이 흐르곤 했다. 친구들이 병원에 한번 가보라고 재촉했지만 정기 검진일이 하순께에 잡혀 있어서 그냥 무심히 지냈다. 그런데 일요일에 목욕을 가서 저울 위에 올라서 봤더니 몸무게가 2킬로그 램이나 빠져 있었다. 보름 사이에.

그제야 나는 내 몸에 이상 징후가 있다는 것을 감지했다. 평소 다니던 병원에 특진 신청을 했으나 주말이 끼여 있어서 닷새나 기 다려야 했다. 나는 평소 교제 범위가 넓은 친구에게 전화를 걸어 당장 만나 줄 수 있는 내과 의사를 한 사람 소개해 달라고 했다. 이 내 친구로부터 목동으로 가라는 답이 왔다.

그 의사는 웃는 얼굴로 손을 내밀었고 미소를 거두지 않은 채 초음파 검사를 한번 해보자고 했다. 그런데 필름을 들여다보던 의사의 얼굴이 일순 굳어지는 것을 나는 놓치지 않았다.

"반란군이 입성했습니까?"

"어떤 기미가 있는 것은 분명합니다만…… 반란군도 양성이 있고 악성이 있으니까요. 내일 아침 굶고 오시죠. CT 촬영을 해봐야 분명한 것을 알 수 있겠습니다."

나는 의사와 헤어져 집으로 가는 길에 딸아이한테 전화를 걸어 전철역으로 불러냈다.

"우리 데이트하자."

땅거미가 내린 11월의 서울 거리를 나는 딸아이와 함께 팔짱을 끼고 걸었다.

"리태야, 남자 친구 있니?"

"없어."

"전번에 성당에서 인사시킨 빼빼 있잖아?"

"그 오빠가 왜 빼빼야?"

"내가 그러더라고 해. 겨울에는 호주머니 속에 돌덩어리를 넣고 다니라고."

"왜?"

"바람에 날아갈지 모르니까."

리태는 내 팔을 꼬집었고 나는 밤하늘에 공허한 웃음소리를 날려보냈다.

"우리 맥주 마실까?"

나는 딸아이가 대학생이 되고 처음으로 함께 들어가는 이 호프집이 술집으로서는 마지막이 될지도 모른다고 생각했다. 그동안 참 무던히도 주치의 말을 듣지 않고 마셔 대던 술이었다. 일주일에 몇 번 마시냐고 물으면 '두 번' 혹은 '한 번'이라고 대답했으나 사실은 일주일에 한 번 아니면 두 번 빼고 날마다 마셔 대던 술이었다.

나는 술잔을 내려다보며 말했다.

"리태야, 아빠하고 헤어져도 꿋꿋하게 살아갈 수 있지?"

"아빠, 지금 무슨 말을 하는 거야?"

"아니, 가령 아빠가 갑자기 교통사고를 당했다. 그렇게 됐을 경우에……."

리태는 말도 되지 않는다는 듯 '에계계' 하는 장난기 어린 표정으로 남은 맥주를 비웠다. 나는 자리에서 일어나며 우리가 잠든 사이에 새하얀 눈이 소복소복 내렸으면 좋겠다는 생각을 했다.

그러나 이튿날 아침에는 마른 찬바람만 불고 있었다. 방사선과에 들어서서 남겨 간 물약을 마저 마셨다. 그리고 동공洞空 속으로 들어가서 지시대로 숨을 멈추고, 숨을 쉬고, 주사를 맞고 다시 숨을 멈추고, 숨을 쉬는 일을 반복하고 나와서 한 시간 정도를 기다렸다. 마침내 간호사의 안내로 다시 만난 의사는 긴장한 얼굴로 보호자를 먼저 만나고 싶다고 했다. 나는 내가 나의 보호자이기도 하다며 얘기해 달라고 했다. 의사는 필름의 한 부분을 가리키며 "악성인데요. 그리고 말씀하신 반란군이 중요 거점 한 군데를 벌써 점령했습니다."라고 대답했다.

벽돌 건물에서 나오는 내 어깨 위로 몇 안 남은 가로수의 낙엽 하나가 떨어졌다. 나는 자문해 보았다. '11월, 달력의 마지막 장인가?' 나는 '아니다'라고 거부하였다. 여기를 거치지 않고는 더 깊은 겨울로 갈 수 없을뿐더러 부활의 봄을 만날 수도 없다. 나는 문득 헤르만 헤세의 시 〈11월〉의 마지막 연을 떠올렸다.

아껴 감으로써 보다 높은 생명에 들어선다고 했던가.

이제 나는 다시 11월을 맞았다. 보다 높은 생명에 들어섰는지는 모르지만 확실한 것은, 11월은 생의 아낌을 깨닫게 해주는 달이라는 것이다.

왜?

아우가 불평하였다.

"하느님은 왜 선한 사람에게나 악한 사람에게나 똑같이 햇빛을 주시고 비를 주시는지 모르겠어요."

형이 대답했다.

"그럼 너는 미운 자식이라고 따로 밥상을 차려 주는 부모를 보았느냐."

아우가 말했다.

"하느님은 선한 사람에게 역경을 주시기도 하는걸요."

형이 대꾸했다.

"햇빛만 내리면 사막이 되고 만다."

단비 한 방울

우리는 일상의 돌발 사태에 대해 '어느 날 갑자기'라는 머리말을 쓴다. 어느 날 갑자기 그 사람이 나타나서, 어느 날 갑자기 걸려온 전화 한 통화로, 또는 어느 날 갑자기 나타난 징후에 의해 행운과 불운이 교차하고 축복과 저주가 직조되는 현상을 우리는 운명이라고까지 단정한다.

현대는 그야말로 '어느 날 갑자기'로 역전되고 재역전되는 불확실의 시대이다. 오늘 '더도 말고 덜도 말고 이대로만' 하고 단꿈에 젖어 있는 사람들에게 나는 경고한다. 어느 날 갑자기 빛나는 날개를 가지고도 추락할 수 있다는 것을.

지난해 11월, 어느 날 갑자기 나도 회색 세상을 보았다. 차트를 들여다보다가 나와 눈이 마주친 주치의는 두 손으로 이마를 받치고서 말했다.

"심각합니다. 당장 입원하셔야겠습니다."

그로부터 4개월 동안 나는 이 세상을 외면하고 지내야 했었다.

그리고 세밑의 어느 이른 아침에는 수술실을 향하는 밀차에 누워 있었다. 곁에는 어린 딸이 따르고 있었는데 아이는 내가 금방 수술을 마치고 신발을 찾을 줄 알았는지 슬리퍼 두 짝을 들고 있었다. 나는 간호사가 딸아이한테 일러 주는 말을 들었다.

"아버지는 한동안 신발을 신을 필요가 없을 거예요. 갖다 두고 와요."

나는 누운 채 되뇌었다. '아니, 영원히 신을 수 없게 되지는 않을까' 하고.

신발

이른 아침에
수술실로 향하는 밀차에 누워
창가에 어른거리는 햇살을 보고 있었다
곁에는 어린 딸이 어디 소풍이라도 가는 양
졸졸 내 뒤를 따르고 있었다
내가 금방 수술을 마치고 나와
신발을 찾을 줄 알고
그 단풍잎 같은 손에 슬리퍼 한 짝을 들고 있었다

아빠는 한동안 신발을 신을 필요가 없을 거예요

빨리 갖다 두고 와요

나는 여전히 밀차에 누운 채

수술실로 가는 복도 한켠에 잠시 멈추어 서서

간호사가 딸에게 하는 말을 들었다

급한 걸음으로 소리를 요란하게 내며

딸이 내 곁을 떠나가자

나는 마음속으로 고요히 되뇌어 보았다

어쩌면

영원히 신발을 신을 수 없게 될지도 몰라

아아, 세상에 가장 질긴 것이 있다면 그것은 생의 욕구일 것이라고 나는 믿는다. 건너편 방죽 길을 걷는 자체가 행복이라는 것을 비로소 깨닫는다. 아니, 늦은 밤 모닥불을 피우고 둘러서서 불을 쬐는 노동자들의 건강함 속에 섞이고 싶은 환자들의 회한의 입김이 입원실 창마다에 서려 있을 것을 이제야 나도 안다.

그동안 병원에서 내 간병인은 무료해했다. 하루 내내 말이 없는 내가 답답했던지 "선생님, 어디가 아프신지 앓는 소리라도 하세요." 하고 채근하다가 그것도 소용이 없으면 CD 판이나 바꾸곤 했다. 그런데 어느 날 저녁 무렵에 친구 배웅을 하고 돌아오니 텔레비전을 켜놓고 있던 간병인이 전원을 끄려고 했다. 나는 언뜻 눈에 익은 아나운서가 보여서 같이 보자고 했다.

그 방송이 〈사랑의 리퀘스트〉였다. 화면에는 아들의 병을 백혈병으로 통보받은 한 엄마의 사연이 애잔하게 흐르고 있었다. 돈이 없다는 죄 아닌 죄의 눈물과 함께.

그러나 그 텔레비전 화면은 여느 프로와는 달리 숨을 쉬고 있었다. 이 땅의 이름을 밝히지 않는 수많은 풀꽃들이 보내오는 향기인 양 1천 원의 수치가 참 열심히도 올라가고 있었던 것이다. 이렇듯 1천 원 푼돈 사랑이 1백억 원의 기적을 일구어 냈다는 것은 후에 들어서 알았다. 이 돈이 어려운 환자들의 병원비는 물론 소년소녀 가장들의 생활비 보조와 결식아동들의 급식비 등 이 세상의 단비가 되고 있다는 것도.

흔히 고해라고 불리는 이 세상에 떠오른 청정의 이 섬이, 가진 사람들 몇몇이 출자한 큰 바위섬이 아니고 이름 없는 작은 조약돌 수십 만 개로 이루어진 것이라는 데 의미가 있다. 우리 시대의 성녀 마데 테레사 수녀는 말했다.

"나의 노력은 단지 바다에 붓는 한 방울 물과 같다. 하지만 만일 내가 그 한 방울의 물을 붓지 않는다면 바다는 그 한 방울만큼씩 줄어들 것이다."

그렇다. 바다에 한 방울의 물을 붓듯 전화기에 1천 원을 눌러 넣는 손가락만큼 거룩한 골드 핑거가 어디 있을까.

자본주의 무한 경쟁에서는 '너의 불행이 나의 행복'이라지만 그것은 큰 나무 밭에서 솎아베기를 당해야 하는 거목의 논리일 뿐, 풀뿌리들은 서로 엉켜서 살아가며 작은 것이라도 이렇듯 함께 나누며 사랑을 품앗이하는 것이다.

새 나이 한 살

첫 번 눈을 어슴푸레 떴을 때는 둘러선 파란 옷을 입은 사람들이 박수를 치고 있었다. 그러고들 "성공입니다.", "수고하셨습니다." 하며 서로 간에 격려하는 말소리가 강 메아리처럼 울림으로 들렸다.

두 번째 눈을 가까스로 떴을 때는 희미한 망막 너머의 사람이 "이분은 참 이상하네. 왜 자꾸 눈을 뜨지."라고 하는 말을 들었던 것 같다. 이 두 번째까지는 아직도 환상인지, 실체였는지 가늠되지 않는다.

분명히 기억하는 것은 "정신이 드셨군요." 하면서 나를 내려다보던 간호사의 동그란 얼굴이다. 나는 잃어버린 시간에 대해 물어보려고 했으나 입에 마우스피스가 물려 있었다. 그리고 링거와 고무호스가 팔에고 코에고 가슴에고 옆구리에고 줄줄이 꽂혀 있는 것을 그제야 알았다. 다행히 귀는 성해서 간호사의 설명은 또록또록히 들렸다. 여기는 중환자실이라는 것과 수술은 잘됐지만 후유증이 염려되니 지시대로 잘해 주면 곧 입원실로 돌아갈 수 있으리라는 것이었다.

아는 얼굴이라곤 하나도 없는 방에서 정신을 놓쳐 버린 이들의
혼잣소리와 신음 소리를 들으면서 나는 자다가 깨고 자다가 깨고
를 거듭했다. 나는 목이 말랐다. 건너편 탁자 위의 하얀 유리컵에
맑은 물이 출렁거리고 있었다.(후일 보니 그것은 환상이었다.) 그러
나 몸을 움직일 수가 없었다. 나는 손짓으로 물이 먹고 싶다는 것
을 간호사한테 알렸다. 그러자 간호사의 처방은 간단했다.

"2번 환자 물을 뿌려 주세요."

나는 그때서야 물이 입을 통과하지 않고 내장으로 곧장 흘러들
어가는 것임을 알았다. 마우스피스가 가래 제거용이라는 것도. 나
는 내 육신이 불쌍해졌다. 주인을 잘못 만나 이 무슨 고생인가. 나
는 진정으로 사과했다. 미안하다, 미안하다, 미안하다.

중환자실에서

탁자 위

맑은 유리컵에 담긴

물이 자꾸 먹고 싶어

입을 벌리다가

나는 내 육신이 불쌍해졌다

주인을 잘못 만나

이 무슨 고생인가

나는 내 육신에게 진정 사과했다

미안하다

미안하다

미안하다

벽에 시계가 걸려 있었으나 하루 중 오전 시간인지 오후 시간인지 가늠되지가 않았다. 늘 전깃불이 들어와 있고 분무기의 분무가 자욱한 때문이었다. 뒷방에 들어 있는 아주머니가 〈만남〉이라는 노래를 썩 잘 불렀다. 무의식 속에 유독 저 노래만이 떠 있는 이유가 무엇일까를 생각해 보다가 그만두었다.

벽시계가 6시 30분을 가리키자 왼쪽 문이 열리며 중환자실의 가족들이 몰려들어 왔다. 그 가운데 딸아이와 홍기삼 교수님과 친구 이긍희와 김성구와 정호승의 얼굴이 보였다.

"자그마치 일곱 시간이나 걸린 대수술이었다는군그래. 수고했어."

홍 교수님 외에는 장에 나온 소들마냥 그냥 눈만 껌벅거리며 쳐다보고만 있다가 30분 면회를 마쳤다. 병실은 다시 고요해졌다.

나는 눈을 감았다가 얼른 떠버렸다. 어찌된 일인지 눈을 감으면 무서운 꿈만 꾸었다. 내가 하도 눈을 자주 뜨자 당직 의사와 상의한 간호사가 진통제 주사를 놓았던 것 같다. 나는 눈꺼풀조차도 무거운 것임을 이때 처음 알았다.

새벽녘이었다. 간호사와 의사들이 바쁘게 움직였다. 그리고 얼마 후 문이 그쪽에 있는 줄을 몰랐는데 오른편에서 외마디소리가 들려왔다. "안 돼!" 이내 통곡 소리가 들리는가 했더니 차단되어 버렸다. 나는 미루어 짐작했다. 우리 가운데의 누군가가 조금 전에 숨을 멈추어 버린 것이로구나. 가족들이 밖으로 나오는 침대를 붙들고 오열한 것이로구나. '안 돼' 하고 막아섰는데도 떠나 버리고 마는구나. 죽음은 정말 그 어떤 인간의 명령과 사정도 들어주지 않는 것이로구나를.

나는 마우스피스를 제거하러 온 간호사에게 물었다.

"오늘이 며칠이지요?"

간호사는 씩 웃으며 대답했다.

"금년 마지막 가는 밤이에요."

뭐라고? 금년 마지막 가는 밤이라고? 나는 정신이 번쩍 들었다. 그럼 내일이 새해 첫 아침이라는 말인가. 나는 문득 지금까지의 헌 나이를 지워 버리고 싶었다. 내일부터는 새 나이라고 말하고 싶었다.

나는 벽시계를 보았다. 11시 55분. 간호사들과 당직 의사들이 텔레비전이 있는 방으로 모이는가 싶더니 이내 '와아' 하는 건강한 함성이 터져 나왔다. 보신각종이 울리면서 새해 여명으로 넘어서고 있는 것이리라. 나도 소리를 지르고 싶었다. 새 나이를 얻었노라고, 나는 이제 새 나이 한 살이라고.

나는 약해질 대로 약해진 손이지만 그래도 힘을 주어 주먹을 쥐어보았다. 그리고 나의 종소리는 지금 이 주먹에서 소리 없는 소리로 울려 나가고 있다고 생각했다. 해변의 성에를 깨치고 찬연히 번져 나가는 빛살이 되리라고.

새 나이 한 살

한 살
새 나이 한 살을
쉰 살 그루터기에서 올라오는
새순인 양 얻는다

썩어 문드러진 헌 살 헌 뼈에서
그래도 남은 힘이 있어
올라온 귀한 새싹

어디 몸뿐이랴
시궁창 같은 마음 또한 확 엎어 버리고
댓잎 끝에서 떨어지는 이슬 한 방울 받아
새로이 한 살로 살자

엉금엉금 기어가는 아기
아무것도 지니지 않은 벌거숭이

그 나이 이제
한 살

어느 달 어느 날들

오후 1시 30분, 병실 문을 들어서다.

침대 1, 보조침대 겸용 긴 의자 1, 의자 2, 냉장고 1, 전화기 1, 옷장 1.

한두 사람이 지닐 수 있는 최소한의 장비로군. 그동안 없어도 좋을 것을 많이도 가지고 살았네.

*

창이 방의 서편에 있어 한강의 저녁노을을 보게 되다.

해가 63빌딩 너머에 걸릴 때쯤이면 해는 참 순한 얼굴이 되고 주변에는 노을이 펼쳐진다.

하루를 마무리하는 저 아름다운 뒷모습.

눈물이 나오려는 것을 참다.

*

문을 열고 들어온 간호사가 생긋 웃으며 말하다.

"저한테 고향이 어디냐고 물어 주세요."

나도 씩 웃으면서 시키는 대로 하다.

"고향이 어디시지요?"

"순천이에요."

"오, 그렇다면 순천여고 나왔겠네."

"어떻게 아셨어요?"

"그 학교 여학생들 예쁘다고 소문나 있잖아요."

뒤에 감추어 가지고 온 책에 '고향 사람을 타향에서 흰 구름 스치듯 보네.'라고 사인하다.

*

첫 번째 시술. 상하의가 흠뻑 젖도록 땀을 흘리다.

하룻밤을 나는 동안 진통제 주사를 세 번이나 맞다.

창에 푸른 새벽 깃이 모여드는 것을 보면서 비로소 잠이 들다.

눈을 뜨자 청량한 한강 물이 들어온다.

거기서 나는 물새들을 보면서 나도 죽으면 저 물새가 되고 싶다는 생각을 하다.

*

서울도 새벽만큼은 순한 얼굴이 된다는 것을 알다.

희미해져 가는 가로등 불빛들, 간혹 오고가는 차들도 외로워 보이고.

새벽에 눈이 뜨이는 날은 한강을 건너는 전철을 오래도록 본다.

유리창에 샛노란 불이 몰려 있어 여기서 볼 때는 정겨워 보
인다.

첫 칸부터 하나 둘 세어 보니 열 량이다. 이른 아침이어서 한 량
에 30여 명이나 50여 명쯤 탔겠지. 그렇다면 3백여 명에서 5백여
명 정도 될 터인데 그 사람들의 머릿속에는 어떤 생각들이 오락가
락하고 있을까.

나는 그 전철을 타는 것만으로도 행복이라 생각하는데…….

*

피. 피. 피. 피. 피. 매일 빼간다.

그리고 이내 빼러 또 온다.

검사용, 검사용, 검사용으로.

내 피야, 미안하다.

내가 그동안 우둔하였다.

내 피야, 용서하라. 내 피야, 잘 가라.

샛별

고요히 한강을 건너는

전철의 맑은 불빛을 오래도록 바라본다

아직 샛별은 스러지지 않았다

전철을 타러 부지런히 강둑 위를 걷는 사람들의

어깨 위로 별빛이 잠시 앉았다 간다

전철을 탈 수 있다는 것만으로도 행복이라고

샛별에게 눈인사를 하고 자리에 눕는데

간호사가 또 내 피를 뽑으러 온다

내 피야 미안하다

나를 사랑했던 내 피야 잘 가라

나를 용서하고

저 새벽별의 피가 되어 쉬어라

*

가족이 아닌 분의 정성에 의해 저녁밥 한 그릇을 다 비우다.

　내가 좋아한다고 동치미 한 통, 호박죽 한 냄비, 매생잇국, 파래
무침, 갓김치, 멸치볶음 등을 해서 두 손에 들고 일산에서 전철을
세 번씩이나 바꿔 타며 왔단다.

나이도 많으신데…….

라디오에서 〈오렌지꽃 향기는 바람에 날리고〉를 듣다. 김 PD의 문병이리라.

＊

리태가 책을 읽어 주다 말고 하품을 하고 난 뒤 말하다.

"아빠, 오늘이 일요일인데 생각나? 아침 일찍 일어나서 나랑 같이 목욕 가고, 백화점 식품부에 가서 이것저것 일주일치 먹을 것을 한 아름씩 사왔잖아. 그리고 점심에는 회에 맥주 마시고 아빠는 흔들의자에, 나는 소파에 앉아서 음악을 들으며 꾸벅꾸벅 졸던 것 말이야. 그때가 행복한 시절이었다는 것을 이제야 나도 알겠어."

나는 주스를 마시며 대꾸했다.

"언젠가는 또 이런 말을 할 때도 있을걸. 밖에는 눈보라 치는데 따뜻한 병실에 앉아서 아빠한테 책 읽어 주다 말고 지루해서 하품하고 오렌지 주스 마시던 그때가 행복했다는 것을 이제야 알겠노라고 말이야."

＊

노란 손수건

병실마다 밝혀 있는 불빛을 본다
환자들이 완쾌되어 다 나가면
저 병실들의 불들은 꺼야 하겠지

감옥에 죄수들이 없게 되면
하얀 손수건을 건다든가
병실에 환자들이 없게 되면
하늘색의 파란 손수건을 걸까

아니,
내 가슴속 미움과 번뇌가
다 나가서 텅 비게 되면
노란 손수건을 올릴까 보다

아름다운 인생이여

퇴원 편지를 쓰려고 하니 가슴이 벅차오른다. 병원에 입원하였을 때는 1년 중 밤이 가장 길다는 동지 무렵이었다. 불면에 시달리는 나에게 밤조차 길어서 정말 겨울나기가 여간 어려운 게 아니었다.

그동안 병실의 창 너머로 보이는 한강은 청랭함이 깊어져 얼음이 얼고, 그 위에 눈이 내리고 녹고 또 내리고를 반복하더니 마침내 햇살에 입김이 서려 드는 입춘이 왔다. 그리고 때맞추어 나한테도 봄을 맞으러 가도 된다는 전령인 양 주치의의 퇴원 통지 또한 왔다.

그동안 참 알게 모르게 기도해 준 분들이 많았다. 수술실 앞에서 대기하고 있을 때 "선생님, 힘내셔야 해요."라고 말하다 말고 안경을 벗고 눈물을 훔치던 레지던트, "완쾌되시기 전에는 돌아갈 생각을 마세요."라고 협박성 위로를 하던 윤현기 의사님, 수술했던 외과 병동에서 내과 병동으로 돌아왔을 때 "돌아와 주셔서 얼마나 감사한지 모르겠어요."라며 따뜻이 손을 잡아 준 간호사, 일요일에도 양복을 입은 채 소리 없이 문을 열고 들어오시던 주치의 이영상 박사, 이승규 박사 그리고 친구들……

간병인은 보퉁이를 챙기기에 바쁘고 리태는 석 달 동안이나 신지 않고 버려 두었던 내 구두를 꺼내 닦는다. 나는 이발소에 가서 머리를 깎았다. 이제는 그렇게도 부러워 보이던 방죽 길을 오가는 사람 속에 나도 섞이게 되는 것이다.

　새삼 로베르토 베니니의 영화 〈인생은 아름다워〉가 떠오른다. 이 영화를 보지 않은 너를 위하여 줄거리를 이야기하자면 이렇다.

　그 남자(귀도)는 1930년대 말 이탈리아에 살고 있었다. 인생은 아름답다는 것을 운명처럼 믿는 귀도(로베르토 베니니)는 어느 날 초등학교 교사인 도라(리콜레타 브라스키)를 만났다. 이미 애인이 있는 도라지만 두 사람의 사랑을 운명이라 믿는 귀도의 코믹과 우연이 날줄과 씨줄이 되어 결혼을 직조하여 귀여운 아들 조슈아(조르지오 카타리니)를 얻는다.

　이들의 달콤하고 유머 넘치는 사랑 이야기가 전반부인데 반하여, 후반부는 당시 이탈리아의 파시즘과 유태인 배척 운동에 의한 강제 수용소 이야기로 막이 열린다. 유태인인 귀도와 조슈아가 병사들에게 끌려갈 때 도라는 유태인이 아니었지만 사랑하는 가족과 헤어지는 것은 죽음이라고 생각하여 자청해서 수용소로 들어간다. 여기서 귀도는 험난한 인생의 공포에서 아들을 구하기 위해 놀라운 상상력 게임을 펼친다.(어떤 비극적 상황이 닥치더라도 아들에게만큼은 '인생은 아름답다.'고 전하려는 마음에서.)

곧 "우리들은 재미있는 놀이를 하기 위해 특별히 선발된 사람으로 1천 점을 먼저 따는 사람이 1등 상품인 탱크를 받아 고향에 돌아갈 수 있다."고 아들을 속인 것이다.

이때부터 그들은 아슬아슬한 위기를 셀 수 없이 넘기며 살아남는데, 전쟁이 끝나고 혼란의 와중에 도라를 찾아 헤매던 귀도는 경비병에게 잡혀서 총살 현장으로 가게 된다. 그러나 그는 숨어 있는 아들의 눈앞을 지나갈 때는 우스꽝스러운 걸음을 보여, 아들한테 인생은 어두운 것이 아니라 아름다운 것이라는 것을 최후에까지 각인시킨다.

마침내 모든 어른들이 다 빠져나가고 없는 텅 빈 수용소에서 아직도 아빠와 함께 벌인 게임이 진행 중인 것으로 알고 있는 조슈아 앞에 팡파르처럼 요란하게 다가오는 미군 탱크, 그것은 하늘이 내려 보낸 아름다운 인생에 대한 상품인 것이다.

나는 심히 부끄러웠다. 귀도처럼 죽음의 길을 가면서도 너를 안심시키기 위하여 아니, 인생은 아름답다고 끝까지 믿게 하기 위하여 그처럼 과장된 몸짓을 할 수 없었을 것 같기에.

입원해 있는 동안 나는 무심히 흘려버려도 좋은 한마디에도 우울해했고, 작은 아픔에도 큰 비관을 했던 것이 사실이다. 때때로 나를 만나러 온 친지들을 우울하게 해서 보낸 일은 없었는지, 이 영화 이야기를 하다 보니 마음에 켕기는 것이 한두 가지가 아니다.

〈인생은 아름다워〉에서 귀도와 도라가 사랑에 빠지게 되는 오페라 극장에 잔잔하게 흐르던 노래, 헨델의 〈뱃노래〉를 수용소에 있던 귀도와 조슈아가 감시병의 눈을 피해 여자 수용소의 도라가 들었으면 해서 스피커에 실어 보내던 장면. 그런 것이야말로 하느님 보시기에 정말로 좋았을 터인데. 입원해 있는 동안 나는 그런 일을 하나도 못한 것 같아서 염치가 없다.

그러나 한 가지는 분명히 약속할 수 있다. 다시 사는 삶에 있어서 정말 아름다운 인생이 되도록 늘 가슴에 이 영화를 새겨 두고 있겠다는 것을.

날고 있는 새는
걱정할 틈이 없다

길들이기

장도리를 막 사 들고 오는 아우에게 형이 말하였다.

"그것을 못을 박는 데보다는 못을 빼는 데에 먼저 쓰렴."

아우가 대꾸하였다.

"못을 치고자 해서 사 왔는데요. 못을 뺄 일은 없습니다."

형이 다가왔다.

"그렇더라도 연장은 좋은 일 하는 데 먼저 쓸 생각을 해야 한다. 아프게 하는 데보다도 아픔을 덜어 주는 데에."

아우가 장도리를 만지작거리며 말했다.

"쓰임은 타고난 용도에 따라 그렇게 되는 것 아닌가요?"

"쓰는 편에 따라 달라지기도 하는걸. 칼이 누구의 손에 들리느냐에 따라 이기利器와 살해용으로 나눠지는 것이다."

입을 다물고 있는 아우의 어깨 위에 형이 손을 올려놓았다.

"어디에 쓰이느냐가 중요하다. 두뇌도 인류 발전에 쓰는 사람이 있고, 범죄 궁리에 바치는 사람도 있다. 그런데 이 길들임은 결국은 자기를 길들임이기도 한데, 첫 쓰임이 매우 중요하다고 생각한다. 하찮은 볼펜이라도 첫 쓰임을 낙서가 아닌 '그리운 어머니'로 시작하는 편지 글로 하는 것. 새로 구입한 오디오에 올린 첫 음반을 찬미곡으로 하는 것 하며……."

아우는 집을 둘러보다가 생나무에 질러 있는 못을 빼는 데에 그 장도리의 첫 구실을 하게 했다. 그리고는 가만히 중얼거렸다.

"첫걸음이 중요하다."

농부의 가지치기 원칙

마른 가지를 우선 친다.
그리고 과민한 가지 또한 친다.

기적의 때

아우가 물었다.
"형, 기적은 어느 때 일어납니까?"
형이 대답하였다.
"네가 가진 것의 마지막까지를 다 내놓았을 때이다.
새벽이 가장 깊은 밤의 끝에 있지 않느냐."

파도와 침묵

'참자'라는 이름을 가진 갈매기가 있었다.

그런데 그도 세상을 살아 보니 참기 어려운 일이 종종 일어났다.

참자 갈매기는 더 이상 참을 수 없다고 생각했다.

그는 마지막으로 이름을 지어 준 스승 갈매기를 찾아갔다.

참자 갈매기의 하소연을 묵묵히 듣고 있던 스승 갈매기가 앞서 날면서 말했다.

"나를 따라오너라."

바닷가의 바위 위에 스승 갈매기가 사뿐히 내려앉았다.

참자 갈매기도 그 곁에 사뿐히 내려앉았다.

스승 갈매기가 말했다.

"이 바위에 폭풍우가 무섭게 몰려들던 날을 기억하지?"

"네."

"그 사나운 파도들이 계속 덤벼들 때에 이 바위는 어떻게 하더냐? 맞대응을 하더냐?"

"아닙니다. 침묵을 지키고 있었습니다."

"그리고, 폭풍우가 지나간 뒤 이 바위를 본 적이 있을 테지?

폭풍우 속의 파도들이 바위를 깨끗이 씻어 주었던 것을.

오히려 바다가 조용해져 있던 날에 끼어들었던 온갖 쓰레기들을 그 파도들이 치워 가지 않았더냐."

스승 갈매기가 하늘 높이 날아올랐다. 참자 갈매기도 따라서 날았다.

스승 갈매기가 말했다.

"참을 수 없는 캄캄한 때일수록 더욱 참아라.

조개가 아파야 진주가 자라는 법이다."

멀리 가는 노래

한적한 바닷가에서 바다사자가 바다제비한테 은근슬쩍 떠보았습니다.

"바다제비야, 저번에 멀리 달리기에서는 내가 졌는데 이번에는 소리 지르기 시합을 해볼까? 누구의 소리가 멀리 가는가 말이야."

의외로 바다제비는 순순히 응했습니다.

"좋아요. 해봐요."

바다사자는 얼씨구나 했습니다. 갈매기를 심판으로 정한 다음에 수평선을 향해 "우와와와아아아" 하고 목청껏 소리를 질렀습니다.

바다제비 또한 "지지배배 지지배배" 소리를 질렀습니다.

갈매기는 훨훨 날아갔습니다.

바다 가운데 떠 있는 섬에 이르러 도요새한테 물었습니다.

"바다사자 소리 들었니?"

"들었지. 굉장하더군."

"바다제비 소리는?"

"그 소리도 들었어. 가냘팠지만."

갈매기는 더 멀리 수평선으로 날아갔습니다.

그곳에서 귀를 내놓고 있는 소라한테 물었습니다.

"바다사자 소리 들었니?"

"못 들었는데."

"바다제비 소리도 그럼 못 들었겠구나."

"아니야. 바다제비 소리는 들었어. 지지배배 지지배배 하던걸."

갈매기는 바닷가로 돌아와서 들은 대로 전했습니다.

"수평선에 사는 소라한테 물었더니 바다사자 소리는 못 듣고 바다제비 소리는 들었다고 했어. 가냘팠지만."

바닷가 동물들은 아무래도 이상하다며 수군거렸습니다.

이때 바다제비가 나서서 말했습니다.

"우리 바다제비한테는 소리를 전달하는 아름다운 전통이 있어.

하나가 노래하면 다른 바다제비가 그 노래를 듣고 전달해 주고 전달해 주고……

그렇게 해서 우리들의 노래는 바다 멀리멀리 가는 거야."

가면과 얼굴

평생 가면만을 만들면서 살아온 사람이 있었다. 그런데 새해에 들면서부터 이 사람이 가면을 통 팔려고 하지 않았다. 그리고 소문이 돌았다.

곧, 이 사람의 가면을 사서 쓰면 가면이 얼굴에 달라붙어서 본얼굴이 되어 버린다는 것이었다. 그러자 돈은 얼마든지 줄 테니 가면을 팔라고 조르는 사람들이 많이 생겼는데, 다들 자기의 얼굴을 아름답게 고쳤으면 하고 바라는 사람들이었다.

이 소문은 드디어 임금님의 귀에까지 들어갔다. 호기심이 생긴 임금님은 가면 만드는 그 사람을 불러들이라고 명령했다. 가면 만드는 사람이 궁궐로 들어오자 임금님이 물었다.

"네가 만드는 가면이 신기에 가깝다고 들었다. 어떻느냐? 나한테 너의 가면 하나를 줄 생각은 없느냐?"

가면 만드는 사람이 대꾸했다.

"이미 가면을 쓰고 계시면서 무얼 또 쓰시겠다는 말입니까?"

임금님이 크게 화를 냈다.

"뭐라고? 내가 가면을 썼다고?"

가면 만드는 사람이 말했다.

"임금님께서는 때때로 마음먹고 있는 것하고는 반대의 얼굴 표정을 하지 않습니까? 그것이 가면이 아니고 무엇입니까?"

임금님이 껄껄 웃으면서 대꾸했다.

"네 말도 옳다. 그런데 너는 그럼 사기꾼이지 않느냐?"

가면 만드는 사람이 말했다.

"아닙니다. 저는 가면을 사고자 오는 사람들한테 아름다운 가면을 쓰려면 좋은 마음을 3년 쓰고 난 후에 오라고 합니다. 그러면 얼굴이 그렇게 변하니까요. 후일, 저는 가면을 씌우는 흉내를 낸 다음에 이런 부탁을 하곤 합니다. 이런 아름다운 가면이 흉하게 변할 수도 있으니 마음을 바르게 쓰고 살라구요."

임금님은 가면 만드는 사람에게 후하게 상을 주어 보냈다.

혀 속의 칼

하느님이 인간을 빚을 때의 일이다.

하느님은 일을 거들고 있는 천사에게 일렀다.

"양쪽에 날이 선 비수와 독약과 사랑 약을 가져오너라."

천사가 그것들을 준비해 오자 하느님은 비수의 한 쪽 날에는 독약을 바르고, 다른 한 쪽 날에는 사랑 약을 발랐다. 그러고는 그 비수의 형태를 없게 해서는 인간의 혀에 버무려 넣었다.

천사가 물었다.

"주인님, 왜 하필이면 그것을 혀에 넣으십니까?"

하느님이 대답했다.

"이들에게 가장 중요한 것이 여기에서 나가기 때문이다. 만일 독약이 묻은 칼이 나갈 때는 세 사람 이상에게 상처를 줄 것이다."

천사가 반문했다.

"그 최소한의 세 사람은 누구누구입니까?"

"바로 상대편이지. 또 전하는 사람도. 그리고 이들 못지않게 해를 입는 사람도 있는데 그것은 바로 자기 자신이지.

그러나 사랑의 칼날이 나간다면 의사의 메스보다도 더 큰 치유를 하게 될 것이다. 또 고통을 줄여 주고 힘을 얻게 할 거야. 그리고 정작 상대방보다도 더 많은 수확이 자신에게 돌아오지."

두 손님

아담한 집이 있었다.

이 집에 어느 날 손님이 찾아왔다.

입□이었다.

입 손님은 떠들고, 먹고, 하품을 해대었다.

점차 이 집에는 문에 구멍이 나서 찬바람이 숭숭 드나들고
뜰에는 잡초만 무성하게 되었다.

어느 날, 이 집에는 또 한 손님이 찾아왔다.
손手이었다.
새 손님한테는 감미로운 소리는 없었으나 한시도 쉬지 않고
움직이는 근면이 있었다.
문구멍을 막았고 잡초를 뽑았다. 텃밭을 일구고 과목을 심었다.
회색이 되었던 집은 차차 푸른 집으로 바뀌었다.

이 집은 바로 당신이다.
지금 열리고 있는 그 입을 닫고 손을 바삐 움직여라.
그게 바로 푸른 삶의 비결이다.

줄이기와 늘이기
- 라즈니쉬 우화에서

인도의 아크발 왕 때에 베발이라는 현자가 있었다.

어느 날 왕이 신하들 앞에서 벽에다 선을 하나 쓱 그었다.

그러고는 신하들에게 말하였다.

"잘 들어라. 지금부터 그대들은 내가 이 벽에 그어 놓은 줄을 짧
게 만들어 보아라.

단 이 줄에 절대 손을 대서는 안 된다."

신하들은 모두 어리둥절하였다. 손을 대기만 한다면야 조금
지운다든지 해서 짧게 할 수 있겠는데 이건 정말 난공불락이
었다.

이때 베발이 일어나 나가더니 왕이 그어 놓은 선 바로 밑에 선을
하나 더 그었다.

왕의 것보다 더 길게.

당신의 선은 무엇인가.

상대의 선을 짧게 할 수는 없다. 당신이 가지고 있는 능력을 크

게 하였을 때만이

상대를 이길 수 있는 것이다.

미친 사람들

파브르는 곤충에 미쳐 지냈다.

베토벤은 악보에 미쳤었다.

퀴리 부인은 라듐에 미쳤었다.

고흐는 그림에 미쳤었다.

라이트 형제는 비행기에 미쳤었다.

간디는 민족과 평화에 미쳤었다.

당신은 지금 무엇에 미쳐 있는가?

사족 : 사람이 가장 많이 미치는 것은 사람한테다.

    그리고 가장 많이 빈털터리가 되는 사람 또한

    사람한테 미쳤던 사람들이다.

    당신은?

훔치고 싶은 순간들

나의 부끄러운 저녁 일상日常은 이렇습니다. 종잡을 수 없기도 합니다만, 대개 집에 들어오면 가방을 내던지고 옷을 훌훌 벗고 세면장으로 향합니다. 물론 술을 마시고 왔을 때는 예외가 있기도 합니다만…… 옷을 입은 채로 고꾸라지기도 하는 등……. 아무 튼 복잡다단했던 하루를, 손과 발에 찰찰 물을 끼얹으면서 헹구는 것입니다.

이때 나는 나의 손과 발에 진심으로 '고맙다'는 인사를 건넵니 다. 물론 몸의 눈, 코, 입, 귀며 머리며 가슴속 기관 어디 한 군데 고 맙지 않은 데가 있겠습니까만, 손과 발에 대한 특별한 예의 표시 는 나의 직접적인 노동의 자체가 그들이기 때문입니다. 사실 우리 몸의 손과 발만큼 잘 움직여 주면서 군소리 하나 없는 게 어디 있 습니까?

손발을 씻은 다음 나는 물론 다른 중년 사내들처럼 신문을 훑습 니다. 그러고는 여유가 있을 때는 텔레비전 프로그램 가운데서 교 양물 한 가지를 골라서 봅니다. 내용이 좋으면 더욱 좋지요. 그러나 요즈음은 탐나는 영상이면 끝날 무렵 자막이 올라올 때까지 지키고 있다가 연출인과 영상인이 누구인가를 기억하려 하곤 합니다.

나는 영화나 텔레비전 화면에서 간혹 붙들고 싶은 영상들에 대해 약한 편입니다. 수면에 깃든 흰 구름의 순간이며 낭떠러지에 피어 있는 도깨비 꽃 한 송이며, 그 순간들을 훔치고 싶은 것입니다. 물론 사람에 따라서 천차만별이 있을 수 있겠습니다만, 저 같은 경우에는 현대인들이 자칫 놓쳐 버리기 쉬운 허허로운 인적(폐허)이 남아 있는 무상한 것에 때때로 무너지곤 합니다. 옛 절터와 외짝 맷돌을 덮은 잡초 사이의 꽃다지 한 송이나 바닷가에 밀려와 있는 헌 고무신짝 곁의 수초에 의해.

우리는 흔히 심상心象이라는 말을 씁니다만, 그러니 이 마음의 상이란 얼마나 나타내기 어려운 일입니까. 아무리 명시, 명화라해도 그 작품에 시인 또는 화가의 속뜰이 나타나 있지 않고서는 이내 퇴색할 테지요. 저한테는 이런 기억이 있습니다. 시국이 혼란스러웠던 80년대 초였습니다.

그때 마침 종정으로 취임한 성철 스님이 '산은 산이요, 물은 물이로다.'는 법어를 발표해서 세간에 충격파를 던졌었는데 백련암으로 찾아가서 만났었지요. 국내 기자로서는 첫 인터뷰가 아니었나 생각합니다. 그런데 이것저것 묻다 말고 나는 불쑥 사진을 찍고 있는 기자를 가리키면서 "스님, 스님의 어디를 찍어야 스님의 마음이 가장 잘 나타날는지요?" 하고 물었습니다. 그러자 스님이 "이 가야산 어디고 다 찍어 보라. 그 어디에도 내 마음 없는 곳이 없다."고 하셨습니다. 그러나 좀 더 깊이 들어가 보면 '있는 것' 자체도 누가 알아보고 '드러내 보이느냐'에 따라 달라지는 것이 아닐까요?

얼마 전 나는 일본 NHK에서 방영한 우리 신체 조직의 신비 프로그램을 보면서 감탄한 적이 있습니다. 세포를 설명하는데 바다의 모래톱을 드나드는 파도와 숲을 스치는 바람과 또 거기에 자전거 하이킹을 하는 청춘 남녀의 영상까지도 스며 있었던 것입니다.

그런데 이날 밤 내 꿈에 푸른 파도와 푸른 숲을 어루만지는 바람과 봄 햇살 속에 자전거 하이킹을 하는 청춘 남녀가 그 모습 그대로 출연해 주는 것이었습니다. 얼마나 고마웠는지요?

그날 이후 나는 잠들기 전의 생각의 화면에 그날에 훔치고 싶었던 아름다운 순간들을 떠올려보곤 합니다. 나의 꿈속에 그것들을 재어 놓는다고 해서 내가 절도범으로 고발당하는 일은 없지 않겠습니까.

바야싯의 고백

젊은 시절, 내 가슴속에는 참숯불이 가득 이글거렸다.

나는 혁명가를 지향하였다.

내 코와 입에서 내뿜는 숨조차도 뜨거웠고, 붉은 기운이 묻어났다. 그 무렵, 나는 하느님께 이렇게 기도하였다.

'주여, 나에게 이 세상을 개혁할 힘을 주소서.'

어느덧 나는 중년에 이르렀다. 그러나 나는 그동안 단 한 사람의 영혼도 내 의지대로 고쳐 놓지 못했다. 그때에 이른 나의 기도는 이렇게 달라졌다.

'주여, 내가 만나는 사람들을 변화시킬 수 있는 은총을 주소서. 제 주변 친지들만이라도 개심시킨다면 크게 만족하겠나이다.'

세월이 나를 노인으로 만들었다. 죽을 날이 지금부터 언제일지, 그 순간이 곧 임종이었다. 이제야 비로소 내가 내쉬고 들이쉬는 숨소리가 고른 것을 느낀다. 지난날의 쉬 달구어지고, 쉬 식었던 일들이 부끄럽다. 지금의 내 유일한 기도는 이렇다.

　'주여, 나 자신을 고칠 은총을 주소서.'

　처음부터 이렇게 빌었던들, 일생을 이렇게 허송하지 않았으
련만.

날고 있는 새는 걱정할 틈이 없다

'애늙은이'라는 별명을 가진 굴뚝새가 오늘도 굴뚝 위에 앉아서 시름에 젖어 있었다.

어미 참새가 아기 참새를 데리고 굴뚝 위로 날아가면서 말했다.

"걱정은 결코 위험을 제거한 적이 없다. 그리고 걱정은 결코 먹이를 그냥 가져다 준 적이 없으며, 눈물을 그치게 한 적도 없다."

아기 참새가 말참견을 하였다.

"엄마, 걱정을 그럼 어떻게 해결하여야 하나요?"

"네 날개로, 네 발로 풀어야지. 어디 저렇게 한나절 내내 걱정할 틈이 있겠느냐?"

어미 참새가 창공으로 더 높이 날며 말했다.

"걱정은 결코 두려움을 없애 준 적이 없어. 날고 있는 새는 걱정할 틈이 없지."

이때, 아래에서 총소리가 울렸다.

굴뚝 위에 앉아서 걱정에 잠겼던 굴뚝새가 땅으로 뚝 떨어지고 있었다.

닭이 울기 전에

할 일을 내일로 미뤄 두고 잠자리에 들었는데 방문을 두드리는 소리가 났다.

나는 일어나 손님을 맞았다.

"선생님께서 저희를 좋아하신다는 소문을 듣고 찾아왔습니다."

"아니, 당신은 누구신데요?"

"내 이름은 '하려고 했었는데'입니다."

"거참 희한한 이름도 다 있군요. 그렇다면, 같이 온 동자의 이름은 무엇입니까?"

"아, 이 동자는 저와 쌍둥이입니다. 이름은 '하지 않았음'이구요."

나는 물었다.

"당신들은 어디에 살고 있습니까?"

"'이루지 못하리'라는 마을에 살고 있지요."

그러자 '하지 않았음'이 독촉했다.

"어서 떠나자. 그 귀찮은 녀석이 쫓아올 거 아냐."

"그 귀찮은 녀석이란 누구입니까?"
"'할 수 있었는데'이지요. 꼭 유령처럼 우리 뒤만 밟는다니까요."

나는 잠에서 깨어 일어났다.
내일로 미루려던 일을 오늘 해치우기 위해 책상 앞에 앉았다.
닭이 울었다.

신호등 앞에서

오늘의 우리는 집단 최면에 걸려 있는 것 같다. 당신이나 내가 초등학교 1학년 때 배웠던 정직, 근면, 정의, 예의, 이런 낱말은 국어사전 속에 잠든 지 오래다. 현대인은 어떻게 하든 돈이 많아야 하고, 근엄한 명예에 의해 번지르르한 얼굴이 되어야 한다는 강박관념에 떠밀려 그저 달리고만 있는 것이다.

오쇼 라즈니쉬는 이런 말을 남겼다.

잠자고 있다. 사람들은 잠자고 있다. 이 잠은 보통의 잠이 아니라 형이상학적인 잠이다. 분명 깨어 있다고 생각할는지 모르지만 그대는 잠자고 있다. 눈꺼풀을 크게 열고 거리를 활보하고, 사무실에서, 길에서, 그리고 일을 할 때에도 그대는 잠자고 있다. 그대는 어디서나 잠자고 있다.

당신이 나한테 오늘의 사람들에 대해 말하라면 나는 이렇게 말하겠다.

최면에 걸려 있다. 아기들만 빼고 사람들은 모두 비정상적인 최면에 걸려 있다. 이 최면은 마술사가 건 최면이 아니라 현대인들의 욕망의 최면이다. 보다 아름답게 보이고자 본래의 얼굴을 뜯어고치고 보다 섹시하게 보이고자 밥을 굶고 있다. 일확천금을 노려 복권을 사고, 증권가에 간다. 정직하면 뒤진다. 근면하여 언제 부자가 되는가. 정의나 예절은 골동품이다. 현대인은 밟히고 밟으면서 올라가야만 하는 것이다. 돈을 좇는 일이라면 셰퍼드처럼 나서고 지위를 얻는 일이라면 똥개처럼 비굴해도 좋다. 오늘도 거리에는 최면 걸린 사람들의 달리기 경주가 한창이다.

이 최면에서 깨어나기 위해서라면 잠시 걸음을 멈추어 주기 바란다. 물론 당신은 늦는다고 불안해할 것이다. 지금이 어느 때인데, 지금의 한 시간 뒤지는 것은 과거의 1년을 허송하는 것과 마찬가지라고 항변할지도 모른다. 에스컬레이터의 대열에서 이탈한, 숨 가쁘게 쫓아야 하는 외톨이가 되게 하려느냐고 안달할지도 모른다.

그러나 젊은 친구여! 나는 묻고 싶다. 당신의 인생 목표는 무엇인가? 그 목표를 처음 세웠을 때 당신은 얼마나 순수하였는가? 당신이 조금 뒤돌아본다 하여, 아니 당신이 지금 발걸음을 멈췄다고 하여 당신의 목표에 큰 문제가 생기는가? 혹시 당신은 처음 내놓은 당신의 마음과는 관계없이, 옆에 사람들이 다들 뛰니까 덩달아 뛰고 있는 것은 아닌지 생각해 볼 필요가 있다.

당신의 목표가 만일 '행복'이라면 나한테는 할 말이 좀 더 있다. 어떤 시인이 읊었던 것처럼 행복은 '산 넘고 물 건너'에 있는 것이 아니다. 산 넘고 물 건너에 행복이 있는 줄 알고 그렇게들 열심히 달리고 모으고 임명장을 받아 갔지만 다들 상이용사가 되어 돌아와 무덤 속에 묻혔다. 그리고 행복은 백발이 휘날리는 인생의 종착역에서 기다린다고 있는 것이 아니다. 백발이 휘날리고 준비가 다 된 상태가 아닌 불확실한 내일 중의 어느 날에 갑자기 '부름'을 받는 이들이 얼마나 많은가.

얼마 전에 우리나라에도 공연차 왔다 간 세기의 테너 호세 카레라스를 당신도 기억할 것이다. 그런데 이 사람이 1987년에 백혈병에 걸려 삶과 죽음의 문턱을 넘나들었다는 사실은 모르는 사람이 많다. 골수 이식이 성공해 재기의 가수 활동을 하고 있는 이 사람은 행복에 대해 이렇게 말한 적이 있다.

"내가 예전에 중요하다고 생각했던 것들은 이제 하나도 중요하지 않다. 돈과 명예 모두. 전에는 도시에서 도시로, 극장에서 극장으로 옮겨 다니는 일이 행복하다고 생각했었다. 그러나 이제 내가 얼마나 많은 것을 그런 생활 속에서 잃어버렸는지 깨달았다."

그는 새삼스레 되찾은 행복이 자녀들과 함께하는 놀이 속에, 친구들을 만나는 기쁨 속에, 그리고 백혈병 환자들의 치료 기금을 마련하기 위해 노래할 때 있다고 했다.

컴퓨터에 의해 인류는 진보했지만 행복이 가까워진 것은 아니다. 인터넷에 의해 정보는 엄청나게 빨라졌지만 그렇다고 행복이 1분 안에 화면에 떠올라 온 것은 아니다. 어쩌면 컴퓨터와 인터넷에 의해 더욱 통제되고 더욱 바빠야 하는 노예로 전락하고 있는 것은 아닌지 당신은 생각해 보아야 한다.

이런 옛 우화가 있다. 어느 마을에 우물이 있었는데, 그 우물에 사람을 미치게 하는 물줄기가 새어 들었다. 차츰 그 우물물을 마신 마을 사람들은 모두들 정신이 정상이 아니게 되었다. 그런데 우물물의 독성을 알아차린 오직 한 사람만이 제정신이었다. 그러나 마을의 비정상인들이 정상인더러 미쳤다고 손가락질을 해대자 정상인이 오히려 미친 사람 취급을 받게 되었다는 것이다.

오늘의 현대 사회에서 집단 최면에 걸린 대다수의 사람들이 최면에 걸리지 않은 당신을 향해 조롱하고 질시할지도 모른다. 그러나 소나무의 푸름은 잡목의 잎들이 모두 떨어졌을 때 돋보이는 법. 청정했던 첫 마음을 구하라. 그리하면 당신은 지금 당장 행복을 얻을 것이다.

당신의 보험물

창조주는 한 사람당 한 가지씩 남보다 뛰어남을 각각 주었다.

AFKN 텔레비전의 여성 사회자 메리 하트의 날씬한 다리. 그녀의 멋진 다리는 영국 로이드 보험 회사에 2백만 달러로 가입되어 있다.

바이올린의 대가 쿠벨리크는 열 손가락을 손가락별로 보험에 가입하였다. 엄지손가락은 75만 프랑, 왼쪽 새끼손가락은 22만 프랑, 나머지 손가락들은 각각 27만 프랑씩이었다.

오페라 가수 마리아 칼라스는 그녀의 목을 1천만 프랑의 보험에 가입했다.

댄서 수잔 우아네 양은 그녀의 엉덩이를 10만 달러의 보험에 가입하였다.

소피아 로렌은 그녀의 가슴을 보험에 넣었다.

당신은 어느 부분을 보험에 걸겠는가?

과연 보험 회사가 인정해 줄 만한가.

맛을 안다

'성공분석연구소'에서 자기 뜻을 이룬 사람들의 공통점을 조사해 발표하였다. 그 가운데 한 항목이 '맛을 안다'는 것이다.

눈물 젖은 밥맛을 안다.
잠깐 눈을 붙인 단잠 맛을 안다.
혼자 울어 본 눈물 맛을 안다.
자살을 부추기던 유혹 맛을 안다.
1분, 1원, 그 작은 단위의 거룩한 맛을 안다.
흥하게 하고 망하게 하는 사람 맛을 안다.

모래알 한가운데

놀고 지내는 것은 소모다.

일한 뒤에 땀을 들이는 쉼. 그 휴식에서만 다음 일을 위한 힘이 잉태된다.

장수는 오래 사는 것만을 뜻하지 않는다. 업적이 남아 빛나면 장수.

용기는 잘 나서는 것만이 아니다. 갖고 싶은 마음을 버리는 것도 큰 용기다.

아름다움은 몸매에만 있는 것이 아니다. 진정한 미란 가슴속에서 흘러나오는 향기이다.

지식은 머릿속에서 차곡차곡 재 놓은 앎이 아니다. 이웃과 함께 나눌 수 있는 만남인 것.

절은 공경의 뜻만이 아니다. 자신을 낮추는 겸손의 익힘이기도 하다.

유머는 웃게 하는 것만이 아닌 것. 뼈끝에 와 닿는 찔림이 있는 것.

성공은 많이 모은 이에게만 붙이는 낱말이 아니다.

자기 분야의 일에 대해 남이 인정해 주는 그 일컬음이다.

담요 속

숲이 짙은 산골에 소녀 도깨비가 살고 있었다.

소녀 도깨비에게는 꿈이 있었다. 그것은 정월 중에 샛별이 뜨는 새벽녘이면 숲을 조용히 지나간다는 산신령을 만나는 일이었다. 산신령을 만나서 부탁하면 도깨비의 탈을 벗겨 준다는 것이었다. 그리하여 인간 세계로 나갈 수도 있는 일.

그러나 소녀 도깨비는 번번이 늦잠을 자는 통에 산신령을 만나지 못했다. 그가 서둘러 깨 보면 늘 산신령이 지나간 뒤곤 했다.

쉰 번 정도의 정월이 지나가자 소녀 도깨비도 노파 도깨비로 변했다. 숲에서 쫓겨날 때에 이른 것이다. 그때서야 도깨비는 깨달았다. 그가 산신령을 만나지 못한 것은 담요 때문이라는 것을. 그 담요 속의 따뜻함이 번번이 그를 늦잠에 곯아떨어지게 했던 것이다.

그는 황량한 모래펄로 쫓겨나면서 후배 도깨비들에게 말했다.
"젊은 날엔 안락함을 좇아선 안 된다. 내가 담요 하나에 생을 망쳐 버린 것을 귀감으로 삼아라."

어떤 방정식

아인슈타인한테 한 학생이 물었다.

"선생님은 누가 보아도 성공하신 분입니다. 선생님의 성공 비결을 듣고 싶습니다."

아인슈타인은 한동안 침묵하고 있더니 간단한 공식 하나를 적어서 보여 주었다.

$$S = X + Y + Z$$

아인슈타인이 설명하였다.

"S는 성공이다. 이 S를 도출해 내기 위해서는 X가 첫째 조건인데, X는 '말을 많이 하지 않는 것'이다.

Y는 '생활을 즐기는 것'이다. 그러나 착각하지 말 것. 일하는 것 자체도 생활 속에 포함된다는 것을.

그리고 Z는 '고요한 시간'이다."

학생이 물었다.

"선생님, 성공에 왜 고요한 시간이 필요할까요?"

아인슈타인이 빙그레 웃으며 대답하였다.

"고요히 자기를 들여다볼 시간을 가지지 않으면 목표가 빗나가기 때문이다."

파도결에 심은 말

　수도원에서 금속공예 일을 하는 젊은 수사님으로부터 들었다.

　"쇠는 나눌수록, 단련할수록 값도 빛도 더 납니다. 여기 3천 원짜리 쇠 한 덩어리가 있습니다. 이것을 간단한 쇠 말굽으로 만들면 6천 원 정도 나갑니다. 그러나 미사 때 쓰는 도구로 만들었을 때는 원가의 백 곱쯤 되는 30만 원의 값을 지닙니다. 하지만 이 쇳덩어리를 전문업체로 보내어 의료용 기기로 만들면 3백만 원의 가치가 되고, 시계의 태엽을 만들면 3천만 원의 값이 나올 수도 있습니다.

　만일 또 이 쇳덩어리를 불멸의 예술가가 제재로 사용하여 생명을 불어넣는다면 무한대의 값을 지닐 것입니다."

　나는 문득 이렇게 생각하였다.

　"인간을 쇠로 치자면 원가가 극히 낮은 그리고 모두가 똑같은 덩어리 하나씩일 뿐이다. 값이 올라가는 것은 연마의 고통, 눈물의 담금질과 비례하는 것이다."라고.

먼저 가는 사람

전해 받은 여린 떨림

4월 초순에는 매화꽃을 보러 섬진 마을에 다녀왔습니다. 늦게 간 터라 양지 편의 매화꽃은 벌써 지고 산자락의 매화꽃만이 만개해 있었습니다.

매화꽃은 필 듯 말 듯한 초개 무렵이 좋다고 귀띔해 주신 스님께서는 일주일 전에 다녀가셨다더군요.

어디고 알려지고 나면 맛이 간다는 것을 다시 한번 확인했다고 할까요? 가는 날이 장날이라고 아래 섬진강변에서 '매화 축제' 행사가 열리고 있어서 그야말로 장터처럼 북적대고 있었습니다.

그래도 함께 간 일행들은 바람에 매화꽃이 눈발처럼 지는 매화꽃 골짜기를 걸으면서 "신선이 따로 있느냐. 우리가 신선이지." 하며 즐거워하였습니다.

점심이라도 먹고 가라고 붙드는 '매실 아짐씨'를 떼놓고 일찍 나선 것은 떠드는 사람들이 너무 불어났기 때문입니다. 꽃은 말없이 피었다가 말없이 지는데……

올라오는 길에 운주사를 찾아갔습니다. 나는 일기 변화가 있을 때면 운주사의 산등성이에 누워 계시는 부처님이 생각나곤 합니다. 소나기가 올 때면 '부처님이 며 감으시겠네.' 하고 혼잣말을 하기도 하고 눈이 내리면 '눈이불 덮으시겠지만 추우시겠어.' 하기도 하고.

'오늘 같은 봄날에는 졸리시겠다.' 하고 찾아 올라가 보니 솔바람이 깨우셨는지 눈을 또록또록히 뜨고 계셨습니다.

이번에 기어코 결행해 본 일이 있습니다. 맨발로 살며시 다가가서 부처님의 팔을 베고 겨드랑이에 누워서 하늘을 바라본 것입니다.

늘 부처님을 뵈올 때마다 한번 그렇게 안기고 싶었는데 그때마다 사람들이 있어서 입맛만 다셨던 일입니다. 일행들은 "또 사고 친다."며 웃고들 있고.

나는 부처님이 바라보는 하늘을 나도 바라보다 말고 눈부시게 파아란 하늘로 흐르는 흰 구름에서 목을 질러 드는 무엇인가를 느꼈습니다.

아아, 오랜 세월 동안 저 하늘에 뜨고 지는 해와 달과 그리고 비바람과 구름과 눈비를 맞으며 배웅하며 하염없이 지내 오신 부처님.

우리가 아옹다옹 다투며 애통하며 쾌락하며 사는 오늘이란 얼마나 하잘것없는 '흐름'인지요?

나는 문득 호수에 번지는 미풍 결 같은 여린 떨림을 느꼈습니다. 참 오랜만에 내가 나한테서 느껴 보는 '떨림'이었습니다.

서울로 올라오는 차 안에서 나는 운주사의 산등에 누워 계시는 부처님 속은 그 여린 떨림으로 되어 있지 않을까 하는 생각이 들었습니다. 내내 하늘을 우러르고 계시니까요.

엄마

꽃은 피었다
말없이 지는데
솔바람은 불었다가
간간이 끊어지는데

맨발로 살며시
운주사 산등성이에 누워 계시는
와불님의 팔을 베고
겨드랑이에 누워
푸른 하늘을 바라본다

엄마……

할머니

마음이 허해질 때면 나는 문득 고향을 찾아가고 싶어진다. 고향의 붉은 빛깔이 드러나는 흙과 정이 깊게 깔린 사투리도 물론 그립다. 그러나 그보다도 나는 고향에 있는 할머니의 묘 앞에 그저 몇 분 동안만이라도 주저앉고 싶다.

간혹 고요를 헤치고 날아서 풀숲 어디엔가 숨는 여치나 방아깨비들. 그들처럼 나도 풀 위에 누우면 재 너머서 들려오는 뻐꾸기 울음소리에 서울의 블록 담들이 데워 놓은 내 이마의 미열은 조용히 가라앉을 것이다.

무엇보다도 나의 할머니 산소가 높거나 낮지도 않은 '넝쿨등'의 우리 밭 가운데 있는 것이 좋다. 당신이 생전에 고구마 순을 놓기 위하여, 콩을 심기 위하여, 그리고 오뉴월 뙤약볕을 한 장 수건으로 가리고서 김을 매셨던 이 밭 한가운데 허릿심을 푸셨을 때 할머니의 영혼은 비로소 고향의 푸른 하늘 안쪽으로 민들레 꽃씨처럼 둥둥 떠가지 않았을까.

적어도 우리 할머니는 삐비 꽃이 피고, 들 찔레꽃도 피고, 그리고 밤이나 낮이나 풀벌레들 울음소리가 낭랑한 밭 언덕에서 조용히 바래지셔야 한恨이 없을 분이었다.

할머니는 열여섯 살 신부로 스물세 살 신랑을 아무것도 모른 채 만났다고 했다. 활동성 넘치고 붙임성 좋은 남자와 눈물 많고 부끄러움 잘 타는 여자가 함께 살아간 한세상.

그러나 할머니한테도 질투는 참기 어려웠던 모양이었다. 할아버지가 바람이 나서 한 달이고 두 달이고 집에 발걸음을 않자 어느 날 몰래 그 집에를 찾아갔더란다. 그러고는 무당한테서 들은 대로 나란히 놓인 두 켤레의 고무신 가운데서 그 여자의 고무신을 들고 나와서는 작두로 두 동강을 내어 버렸다는 분풀이.

남의 것을 훔쳐 내온 적도 그때 딱 한 번뿐이었고, 내가 살기 위하여 남을 액풀이한 것도 그때 한 번뿐이었고, 그처럼 속이 후련했던 적도 그때 한 번뿐이었노라고 할머니는 때때로 회고하시곤 했다. 남들은 자식을 키우고 가르쳐서 혼인시킬 때까지 어렵고 그 이후는 보통 안정기로 접어든다고 한다. 그러나 우리 할머니의 업보는 정작 그때부터 시작되었으니 팔자치고는 참 기구하다고 아니할 수가 없다.

기울어져가는 가세와 함께 갑자기 죽어 버린 며느리, 그것도 자식이나 남기지 않았으면 별문제가 안 될 텐데 열 달 정도의 계집아이와 그 위의 세 살배기 사내아이를 두고 갔으니 그 아득한 절망의 깊이를 무슨 자로 재어 볼 수 있을 것인가.

거기에다 어린 오누이의 아비 되는 아들은 일본 땅으로 건너가서 소식이 없고, 텅 빈 고가古家에는 병석에 누워 있는 남편과 어미도 아비도 없는 어린 손자뿐.

나는 언젠가 고향의 바닷가에서 갈대밭 사이 뻘 길을 기어다니는 늙은 게 한 마리를 본 적이 있다. 어둠과 밀물이 저만큼서 다가오고 있는데 집을 찾지 못하고 갈대밭 사이 뻘 길을 방황하는 게. 우리 남매를 키울 때의 우리 할머니의 초조와 외로움이 그러했으리라.

엄마가 얼굴을 익혀 주지 않고 돌아가셨어도 할머니가 오래까지 사셨다는 사실은 나의 첫째가는 복이었다. 그 때문에 할머니는 내내 바람받이의 늙은 소나무처럼 부대끼고 부대끼면서 서러운 한세상을 살게 되고 마셨지만.

우리 할머니가 마음 놓고 잡수실 수 있는 음식은 무엇이었을까. 나는 때때로 그것을 생각해 보면서 회한에 젖곤 한다. 할머니는 우리 앞에선 무쪽 하나도 함부로 입에 넣고 우물거리지 못했으니까.

어느 잔치에라도 초대받아서 가신 날이면 할머니는 꼭꼭 작은 수건으로 싼 것을 들고 오시곤 했다. 당신은 국물에 술 한 잔 마시

는 것으로 만족하고 상 위에 놓여 있는 떡이나 부침 등속은 싸오셔서 손자들에게 나누어 주시는 정.

고향에서는 그 연약한 혼자 몸으로 농사를 지었고 이웃 읍내로 이사 가서는 한동안 풀빵을 구워서 팔았고, 국수 장사를 하기도 했다. 물론 이 모든 것은 어린 손자의 학교 뒷바라지 때문이었다. 소설책을 보느라고 밤늦게 있어도 공부 열심히 한다고 생고구마라도 깎아 내오지 못하면 아파하시던 할머니의 그 가슴.

미원이 처음 나왔을 때 그것이 무슨 비약인 양 찬장 속 깊은 곳에 감춰 두고서 끼니가 오면 손자의 국그릇에나 조금씩, 조금씩 쳐주시던 그 안타까운 마음.

언젠가 우연한 자리에서 어떤 재벌의 재산이 화제가 된 적이 있다. 그날은 특히 그 사람이 가지고 있는 골동품에 대한 이야기가 오고 갔는데 그 자리에서 문득 불문학자 한 분이 이런 말을 했다.

"그 사람은 어떻게 죽지요? 그 아까운 것들을 가지고 가지 못하고 죽을 때는 얼마나 억울할까요?"

그런 면에서 본다면 우리 할머니처럼 다 주기만 하고 살다 간 사람은 차라리 속이 편했을 것이다. 주다가, 주다가 나중에는 손자가 걸린 염병까지도 대신 앓고 싶어 했을 정도였으니.

할머니는 내가 군에서 제대해 돌아오자마자 이 세상을 떠나셨다. 아니, 그보다 훨씬 전에 할머니의 육신은 이미 무너졌던 모양이었다. 그날까지는 다만 의식만이 살아서 움직이고 있을 뿐이었다. 손자의 얼굴을 보고 죽겠다는 그 가냘픈 의식만이.

그렇게 간단히 숨 한번 거두어 버리면 말 것을 손자의 얼굴이 무엇이라고 그 큰 고통을 며칠이나 더 참고 기다리셨을까.

임종하기 하루 전날, 나는 처음으로 할머니께 소원을 말해 보았다.

"할머니, 내가 은혜를 갚을 수 있게 조금만 더 살아요."

그러나 할머니는 가만가만히 고개를 저었다. 한참 후에 간신히 눈을 뜨고 할머니는 말했다.

"니 하나 앞길 닦았으면 됐지. 은혜는 무슨……."

사람이 어느 누구 하나에게 밑거름이 되는 삶보다 더 귀한 것이 있을까. 나는 나의 어린것들이 나보다도 저희 증조모를 더 많이 닮기를 바란다. 부끄러워할 줄 알며, 끝없이 주면서도 아깝게 느끼지 않는 그런 마음가짐으로 살기를. 한 그루의 잘 다듬어진 정원수가 아닌 비바람 속의 방풍림으로 살아 주기를.

아니, 거기에는 미치지 못한다 하더라도 최소한 봉사하며 살 수 있는 직업을 가져 주길 바란다. 교사가 되든, 교통순경이 되든.

그리하여 나의 어린것들이 어둠과 밀물이 밀려오는 갈대밭 사이에서 집을 찾지 못하고 기어다니는 한 마리 게의 초조와 외로움을 이해하고 동정하게 된다면.

아아, 그렇게 된다면 삐비 꽃과 들국화가 새하얗게 핀 밭 언덕 거기에 계시는 할머니의 혼이 우리와 늘 함께 있어 줄 것이 아닌가.

먼저 가는 사람

겨울 등반을 떠나는 아우한테 형이 말했다.
"눈으로 길이 없어진 산은 첫 번째 사람이 잘 가야 한다.
다음 사람들이 그 사람의 발자국을 따르기 때문이다."

나무의 말

소녀가 나무에게 물었다.
"사랑에 대해 네가 알고 있는 것들을 들려다오."

나무가 말했다.
"꽃 피는 봄을 보았겠지?"
"그럼."

"잎 지는 가을도 보았겠지?"
"그럼."

"나목으로 기도하는 겨울도 보았겠지?"
"그럼."

나무가 먼 산을 바라보며 말했다.
"그렇다면 사랑에 대한 나의 대답도 끝났다."

엄마가 휴가를 나온다면

하늘나라에 가 계시는
엄마가
하루 휴가를 얻어 오신다면
아니 아니 아니 아니
반나절 반 시간도 안 된다면
단 5분
그래, 5분만 온대도 나는
원이 없겠다

얼른 엄마 품속에 들어가
엄마와 눈맞춤을 하고
젖가슴을 만지고
그리고 한 번만이라도
엄마!
하고 소리내어 불러 보고

숨겨 놓은 세상사 중

딱 한 가지 억울했던 그 일을 일러바치고

엉엉 울겠다

눈물 한 방울을 찾아

언제부터 나한테 '아버지' 생각이 심어졌을까? 그 문제를 생각하면 나는 아득해진다.

아마도 초등학교에 들어가서 '아버지, 어머니'라는 단어를 익히게 될 적부터 그러지 않았을까 하고 막연히 생각할 따름이다. 그렇지만 물안개가 긴 호수 저편의 풍경처럼 아물거리는 유년 시절의 삽화가 두어 컷 있기는 하다.

하나는 정강이에 털이 하도 많아서 내가 얼레빗으로 빗었던 기억이고, 또 하나는 캄캄한 솔숲 길을 업혀 가던 기억이다. 그러나 그런 기억은 아버지가 아니고 할아버지나 삼촌에 대한 것일 수도 있다.

분명한 것은 내가 초등학교에 들어가서 '아버지'라는 낱말을 익히고 돌아와 보니 나한테는 아버지가 없었다는 것이었다. 나는 할아버지께 여쭈었다.

"할아버지, 우리 아버지는 어디 계세요?"

"일본에 있다."

"일본은 어디에 있는 땅이에요?"

"저기 저 수평선 너머에 있다."

"왜 일본에 갔어요?"

"돈 벌러 갔다."

그날 뒤로 나는 백지가 있으면 수평선에 기선 한 척이 떠오르는 것을 자주 그렸다. 그러나 아버지는 우리 앞에 영 얼굴을 비치지 않았다.

그 대신에 어쩌다가 편지가 오곤 했는데 그때마다 할아버지는 나를 무릎 꿇려 앉히고는 아버지의 편지를 큰 소리로 읽어 주셨다. 나는 편지 첫 줄에 나오는 "채봉아!"에 늘 큰 소리로 "예!" 하고 대답하면서 속으로 '내 대답 소리 들려요?' 하고 묻는 것이 재미있어서 혼자 킬킬거리다가 할아버지한테서 호통을 듣곤 했다.

그다음에 나는 아버지한테 보낼 편지를 할아버지가 불러 주는 대로 썼는데 맨 마지막에는 한결같이 '아버지가 보고 싶으니 하루라도 빨리 고국으로 돌아와 주십시오.' 하고 적었다.

그 말은 말할 것도 없이 할아버지의 속마음이고 나는 아버지가 보고 싶다는 것을 전혀 느끼지 못하는 상태였다. 만일 내가 마음속 그대로를 썼다면 '저는 이 편지를 받는 분이 어떻게 생기셨을까 굉장히 궁금합니다.'라고 군인에게 위문편지를 쓰듯이 했을 것이다.

나는 차차 커가면서 아버지에 대해서 조금씩이나마 귀동냥으로 알게 되었다. 그이는 딸만 내리 넷을 낳다가 본 우리 집안의 응석받이였고, 어렸을 적에 잔병이 유난히도 많았고, 큰누나의 도움으로 일본으로 건너가 학교를 다니다가 삼대독자인 할아버지의 간절한 열망에 따라 스무 살에 일본에서 불려 나와 장가를 들었다.

그때부터 5년 동안 할아버지의 어류 도매업을 거들었고, 장사 요령이 모자란다고 할아버지로부터 단련을 받으면서 아들 하나와 딸 하나를 보셨다. 그러니까 아버지 나이 스물두 살에 낳은 아들이 곧 나였다. 내가 세 살이 되었을 때에 누이가 막 태어나자마자 어머니가 병사하셨다.

그때를 기다렸다는 듯이 아버지는 다시 일본으로 건너가셨고, 그곳에서 일본인 아내를 맞아서 살고 있다는 것이었다.

그래도 나한테 아버지를 '엄부'로 인식시키려고 노력하시던 할아버지는 내가 초등학교 3학년생이었을 때에 돌아가시고 말았다. 그때부터 가세가 급격히 기울었고 나는 마치 방풍림 없는, 노천에 내버려진 작물처럼 되어 버렸다.

내가 아버지에 대해 적개심을 갖게 된 것은 그때부터이다. 아버지에 대해 남들이 물으면 나는 모른다고 대답했다.

사정을 아는 사람들이 연락이라도 있느냐고 물으면 없다고 단호히 말하곤 했다. '낳아만 주면 자식이냐. 키워 주지도 않는데 아버지냐.'는 반항적인 인식은 내가 장가를 들어 아이를 얻을 때까지 계속되었다.

아니, 그 무렵에 아버지의 부음을 듣게 되었으므로 살아생전의 아버지와 나 사이에는 그런 관념의 강이 도도히 흐르고 있었다고 하는 표현이 더 정확하다.

중학교 2학년 때였다. 나는 동무를 따라서 그 아버지의 묘소에 들르게 되었다. 잘 가꾸어진 그 무덤은 그때까지 어머니 무덤에 무심했던 나에게 일깨움을 주었다.

'그래, 나한테도 어머니의 산소가 있지 않은가. 우리 어머니 무덤의 풀은 누가 베고 있는가.'

나는 친구네 집에서 낫을 빌려 갈아 들고 30리 밖에 있는 어머니의 무덤을 찾아 나섰다. 아이들이 소를 매놓고 놀고 있는 산자락에 이른 나는 황량한 바람을 느꼈다.

온통 벌겋게 무너져 버린 묘 봉우리와 얽혀 있는 찔레 덩굴을 보았다. 나는 찔레 덩굴을 치면서, 붉은 흙을 만지면서 '아버지, 당신 두고 보자.'고 되뇌었다.

이제 생각하면 어머니 무덤이 그렇게 된 것은 아버지 탓만이 아니었는데도 그 무렵의 나는 우리 집안이 안 된 탓을 모두 아버지한테로 돌리고 있었다.

나는 그날 어머니의 무덤 앞에서 눈물을 뿌리며 언젠가는 꼭 아버지를 여기로 모시고 와서 무릎을 꿇리고 사죄케 하겠다고 다짐했다.

그러다가 나는 우연히 할머니의 반짇고리 속에서 사진 한 장을 보게 되었다. 잘 차려입은, 너무도 부족한 것이 없어 보이는 한 가족 사진이었다.

아마도 유원지에라도 간 듯했다. 아이들 둘도 웃고 있었고, 아이들의 아버지와 어머니도 웃고 있었다. 옷차림도 남부러울 게 없었고, 마냥 즐거워만 보이는 가족이었다. 그때 가슴에 일던 격랑을 나는 지금도 기억하고 있다.

그 뒤로 나는 아버지한테 보내던 '학비' 타령의 편지를 끊었다. 나는 야생이고 사진 속의 두 아이들은 울안에서 고이 자라는 자식이라는 생각 때문이었다.

실제로 아버지는 내 나이 네 살 때에 일본으로 건너가서 내가 군대에 복무하던 스물두 살 때까지도 한 번도 상면하지 못했다. 철

저한 '버림'이었던 셈이다.

그해에는 장마가 길었다. 서부 전선 철책가에 있는 나에게 사단 사령부로부터 전화가 걸려 왔다는 전갈이 왔다.

잘 들리지 않는 228전화기로부터 간신히 알아들은 내용은 아버지가 사단 사령부 면회실에 와서 기다리고 있다는 것이었다. 나는 하도 믿어지지 않아서 거듭거듭 되풀이해 확인했다.

"누가요? 아버지라고요? 작은아버지가 아니고 아버지란 말입니까? 예, 정채봉 맞습니다. 그쪽한테 물어보세요. 고향이 승주인 정채봉 면회를 왔냐구요? 예, 아버지가 일본에 계셔요. 그 아버지시랍니까?"

이상하게 썰물처럼 힘이 빠져나가는 것을 느꼈다. 걸상에 주저앉아 창밖을 보고 있는데도 아무것도 보이지 않았다.

동료들이 나서서 외출증을 끊어 오고 '카키복'을 다려 오고 했으나 나는 아버지를 면회할 자신이 서지 않았다. 아버지를 만나면 사화산이 활화산이 되어 터질 것도 같았고, 또 전혀 초연하게 죽은 나무를 보듯 하게 될 것도 같았다.

나는 동료들의 만류를 뿌리치고 전투복 복장으로 총을 찾아 메고 철책 근무를 하러 나갔다. 초소에 서니 멀리 건너 북쪽의 송악산이 눈에 들어왔다.

나는 이내에 싸여서 아득해 보이는 먼 산 능선을 바라보면서
'아버지'라는 말을 혀 위에 올려 보았다. 마치 음식물 속의 돌처럼
받치기만 하는 단어를 말이다. 얼마 뒤에 나는 대대장의 호출을
받았다.(그때에 나는 대대장실의 당번병이었다.)

평소에 부하이기보다는 막내아우 같다며 나를 아껴 주던 대대
장은 도저히 이해할 수 없다는 표정으로 물었다.

"이놈아, 아버지가 일본에서 그것도 20 몇 년 만에 아들을 보겠
다고 나왔는데 만나지 않겠다니 그 이유가 뭐냐?"

"이유는 없습니다. 그냥, 만나는 것보다는 만나지 않는 것이 좋
을 것 같습니다."

"그렇지 않아. 격한 감정으로 만나더라도 울고 나면 다 씻어질
거야. 아버지와 자식 간에는 피가 부르는 법이야."

"자식의 피가 불렀는데도 18년간이나 나 몰라라 하는 아버지의
피가 있었으니 문제지요. 아무튼 저는 만나고 싶지 않습니다. 정
말로 대대장님께서 강권해 내보내신다면 저는 탈영해서 돌아오지
않을지도 모릅니다."

마침내 나는 임진강물이 홍수로 넘쳐 나서 나가지 못한다는 핑
계를 대고 아버지를 피했다.

그런데도 그날 밤 잠을 이룰 수가 없었다. 술을 마셨는데도 취하

지 않았고 이따금 숨기고 싶은 일을 들켰을 때처럼 가슴이 두근거
렸다.

나는 가슴이 두근거릴 때마다 엎드려서 이마를 침상에다 찧곤
했다. '아버지의 피가 정말 부르고 있는 것일까. 내 의지하고는 관
계없이 내 피가 응답하고 있는 것일까.' 하고 생각되자 더욱 고통
스러웠다.

이튿날 날이 밝자 동생한테서 전화가 걸려 왔다. 내가 아버지의
면회를 거절했다는 말을 듣고 할머니가 충격을 받아 쓰러졌다는
것이었다.

나는 동생의 그 전갈이 나를 끌어내기 위한 거짓말일 수도 있
다는 것을 짐작하면서도 휴가를 청원했다. 아니, 내 마음속에
서 이미 그런 구실이 나타나기를 기다리고 있었는지도 모를 일
이다.

나와 아버지의 상면은 생각보다도 훨씬 간략했다.

나는 할머니 옆에 앉아 있는, 어디서 많이 본 듯한, 그러나 전혀
생소한 아버지 앞에 절을 하다 말고 두 손바닥으로 얼굴을 가렸
고, 아버지는 계속 "할 말이 없다."고만 할 뿐이었다.

그 뒤로 아버지는 3년에 한 번꼴로 두어 번 내왕하시다가 내가
장가들어 첫아이를 얻던 해에 일본에서 그 삶을 마치셨다.

작은아버지로부터 일본에서 아버지가 돌아가셨다는 연락을 받았으니 내려와서 제사상이라도 하나 차려 두고 향이라도 사르자는 전화를 받았을 때는 차라리 담담했다.

그러나 갓난아기를 포대기에 싸서 안고 지하철 층계를 내려가는데, 자꾸만 아기가 포대기 바깥으로 빠져 버리고 없는 듯한 느낌이 들었다. 그럴 때마다 나는 포대기를 들치고 잠자는 아기를 확인하곤 하다가 어느 순간에 가슴이 울컥 받쳐 왔다.

그렇다. 아버지도 포대기 속에 싸인 나를 이렇게 들여다본 적이 있었을 것이다. 그럴 때에 아버지의 가슴에도 그런 든든함이 일었지 않았을까.

내가 기억하고 있는 캄캄한 솔밭 길은 아버지와 함께 외갓집으로 가는 길이었지 않았을까. 외갓집으로 가는 길목에는 솔띠재라고 하는 소나무 숲이 무성한 재가 있었으니.

그러나 막상 작은아버지께서 아버지의 유해를 고향 선산으로 모셔오자고 했을 때에는 응낙하지 않았다.

"사랑하는 처도 자식도 거기에 다 있으니 아버지의 영혼은 거기에 계시길 더 바랄 것입니다."

작은아버지가 뭐라고 더 말을 하려고 했으나 나는 회사 일이 바쁘다며 자리에서 얼른 일어나 버렸다.

그렇게 어느덧 10년이 지나자 아버지의 유해 문제가 또다시 거론되었다.

이제 나도 어느새 흔히 말하듯 이자, 곧 덤이 없는 나이가 되어 버렸다.(누군가가 서른다섯까지는 이자가 있는 나이라고 했다.) 전에는 이해할 수 없던 것까지도 이해하게 되었다. 허리둘레가 이해의 넓이만큼이나 넓어진 탓일까. 나는 작은아버지의 의견에 순순히 따랐다.

나는 작은아버지한테 아버지의 유해를 모셔 오기 전에 그쪽에 있는 동생을 먼저 만나 봐야겠다고 말했다. 죽은 사람보다도 살아 있는 우리의 교류가 먼저 이루어져야 할 듯해서 그랬다.

지난해 8월에, 부관 페리호 편으로 아버지의 모습을 나보다도 더 많이 닮은 저쪽의 동생이 도착했다.

우리는 쑥스러운 듯이 씩 웃었고, 덤덤한 듯이 손을 잡았다. 작은아버지가 곁에서 뭐라고 말을 했으나 나는 머릿속이 갑자기 웅웅거려서 한마디도 알아듣지 못했다.

그런데 뚜벅뚜벅 걷던 녀석이 순간에 복통이라도 일어난 듯이 벽에 기대는가 싶더니 풀썩 주저앉았다. 다음 순간에 내가 그의 어깨 위에 손을 얹자마자 녀석은 "억!" 하고 울음을 토했다.

나는 흐려지는 시야 속에서 그의 머리를 끌어안았다. 나는 저쪽의 동생 머리를 끌어안고 아버지를 처음 만났을 때보다도 더 많이 울었다.

지난해 10월에는 내가 일본으로 갔다. 아버지의 유해를 모셔 오려고 그랬다. 바다가 약간 물려 있는 와카야마는 우리나라의 진주와 같은 전원도시였다.

오사카에서 떠난 차는 우리 고향 승주로 갈 때와 같이 평원을 지났고, 산악 지대를 지났다.

그리고 경사가 심한 고갯마루를 내려서자 도시가 펼쳐져 있었는데 아버지의 집은 바닷자락과 만나는 둑방 아래의 마을에 있었다.

동생의 말에 따르면 아버지는 한사코 그 마을을 떠나지 않으려 했단다.

나는 그 이유를 어슴푸레 짚을 수 있었다. 포구를 내려다보고 있는 그 마을의 위치가 우리 고향 마을의 앉음새와 흡사했던 것이다.

나는 아버지 방에서 아버지가 즐겨 베었다는 목침을 베고 누웠다. 그러자 무심결에 건너편 벽에 걸려 있는 오래된 액자가 눈에 들어왔다.

땀땀이 수를 놓은 풍경이었는데 그것은 밀레의 〈만종〉이었다.

그런데 들녘과 거기에 서 있는 농부가 우리 한국인 부부로 바뀌져 있는 것이 아닌가.

들녘 끝의 초가집 교회, 그리고 우리 식의 거름 더미, 치마저고리를 입고 수건을 쓴 부인과 핫바지 차림의 남정네. 그 곁에 지겟작대기 하나로 받쳐져 있는 바지게.

나는 벌떡 일어나서 수놓은 그림에 가까이 다가갔다. 그리고 그 그림의 맨 아래 귀퉁이에 새겨져 있는 이름을 보았다.

'정순.'

아, 그것은 우리 어머니의 이름이었다. 아버지는 어머니가 시집 올 때에 가지고 온 수 그림을 액자에 끼워 당신 눈에 가장 잘 보이는 벽에 걸어 두고 살아가신 것이다.

나는 아버지의 유해를 가슴에 안고 아버지가 건너가셨던 길을 따라 돌아왔다. 오사카를 거쳐 시모노세키로 가서 거기에서 부산으로 떠나는 배에 오르면서 마음속으로 나는 조용히 아버지께 말했다.

'아버지 가십시다. 떠돌던 발걸음을 멈추시고 고향으로 걸음을 돌립시다. 지금쯤 고향에는 가을걷이가 끝나고 있습니다. 깨도 걷고, 콩도 걷고, 고구마도 캤을 것입니다. 할아버지의 할아버지, 그리고 아버지 적부터 함께해 온 바람과 흙과 물이 있습니다. 억

새도 피어서 흔들리고, 재 너머에서는 파도 소리도 들려올 것입니다.

　아버지, 이제 바지게를 받쳐 두시고 어머니와 함께 손을 모아 주십시오. 그 그늘 속에서 저는 조용히 갈잎 피리라도 불어 드리겠습니다.

향기 자욱

사람을 볼 때

문을 잡아당겨 여는가. 밀어서 여는가.

이쪽을 보호코자 인도의 바깥쪽을 택하는가. 무심히 자기 편이
대로인가.

어두운 쪽에 자리를 잡는가. 밝은 쪽에 자리를 잡는가.

비판의 대상을 화제로 삼는가. 칭찬의 대상을 화제로 삼는가.

작은 일이라도 자기가 이룬 것을 이야기하는가. 남이 이루어 놓
은 것을 이야기하는가.

머문 자리가 청정한가. 혼탁한가.

하고자 하는 일이 개인의 이익에 국한되는가. 사회의 이익에까
지 미치는가.

동전의 행로

저는 백 원짜리 동전입니다.

수많은 사람의 손과 손을 거쳐 지금은 당신 주머니 구석에서
어떻게 될지 모르는 운명 속에 대기하고 있습니다.

어떤 사람의 손에서는 기쁨을 일궈 내기도 하였고, 또 어떤 사람
의 손에서는 갈등을 빚어내기도 하였지요.

그러나 저는 짜릿하고 떨리던 기쁨의 순간만을 기억합니다.

시골 아저씨의 지갑 속에 머물렀던 때 일입니다.

동구 앞길에서 펑펑 눈물을 쏟고 있는 아이를 만났습니다.

그 아이의 눈물은 심부름할 돈 백 원을 잃어서 생긴 것이었습니다.

그때 아저씨가 지갑 속에서 나를 꺼내어 아이의 손바닥 위에 놓
았습니다.

그 순간, 기쁨이 전류되어 흐르던 아이의 작은 손을 잊을 수가
없습니다.

할머니의 주머니 속에서 기거하고 있을 때지요.

그 할머니는 꽤나 나를 오래 간직하고 있었는데

버스 정류장에서 두 다리가 없는 걸인을 만났습니다.

그때 할머니는 나를 찾았지요.

그러나 주머니 속 귀퉁이에 숨어 있는 나를 찾아내지 못하였어요.

한참을 걸어가다가 우연히 내가 만져지자 다시 걸인을 향해

빠른 걸음을 옮겨 놓던 할머니와

내 가슴의 환희란!

가난한 연인한테 가 있을 때의 일입니다.

그 연인들은 멀리 떨어져 있었지요.

공중전화로 대화를 할 때마다 동전이 부족하여 말을 아끼던 그 안타까움이란!

그날 그 연인은 "늘 당신 곁에 있어요"라고 하는데

하마터면 말이 끊어질 뻔하였지요.

그런데 내가 들어가서 "사랑과 함께"라는 말까지 하게 되었을 때의 보람도

잊지 못할 것입니다.

부디 저를 꺼내어서 한 번 더 보아 주시기를 바랍니다.

저를 그냥 쓰이는 것으로만 여기지 마시고 의미를 새겨 주시기를 바랍니다.

저한테 또 한 번의 값진 추억을 주시는 당신을 기대하며.

나는 누구인가

나는 선생님께 동화 〈먼동 속에서〉에 대해 이렇게 설명 드렸다.

"석굴암의 부처님은 살아 계신 듯하였습니다. 손톱이 살짝 스치기만 하여도 핏발이 설 것 같았지요. 저는 그때 '저 부처님은 사람이 짓고자 하여 만들어진 것이 아니다. 돌 속에 들어 계신 부처님을 사람이 들어내 모신 것이다.' 라고 생각하였었지요.

사실 석굴암의 부처님한테는 돌가루 한 점 더 얹히지도 않았고, 덜하지도 않았지 않습니까? 중요한 것은 다들 돌 속에 계신 부처님을 못 알아보았는데 정작 알아본 한 사람, 그 석공의 눈이 거룩하지요. 그 혜안을 작품화해 본 것입니다."

선생님이 말씀하셨다.

"그래요, 미켈란젤로의 많은 작품 가운데 모세상이 있지요. 그 조각에 얽힌 이야기도 당신 얘기와 비슷합니다. 어느 날 길가에 버려져 있는 대리석을 미켈란젤로가 주워 왔다 합니다. 그리고는

작업장 한편에 두고서 시간이 있을 때마다 묻곤 했다는 거예요.
'거기 돌 속에 계시는 당신은 누구십니까. 당신이 누구신지 내가
알아야 바깥으로 들어내 드릴 수가 있지요.' 라고."

내가 대답하였다.

"그랬군요. 그리하여 돌 속에 갇혀 계신 모세를 미켈란젤로가
해방시켜 드렸군요."

선생님이 빙그레 웃었다.

"꼭 작품에만 국한시켜 생각할 일이 아닙니다. 우리 개개인에게
도 이 논리를 전개시켜 봅시다. 지문이 똑같은 사람이 없듯이 천
부의 능력 또한 각자가 다릅니다. 그러나 보통 눈으로 볼 때는 다
같은 돌이에요. 돌인 채로 생을 마치지 않으려면 '나는 누구인가'
하고 자기를 알아내어 들어내는 노력을 게을리 하지 않아야지요.

만일 미켈란젤로가 그 대리석으로 다른 인물을 만들려고 했다면 어떠하였을까요? 모세가 반항하여 한 무더기 돌 부스러기로 변하였을지도 모를 일입니다."

한참 침묵한 다음에 선생님은 이렇게 말을 맺었다.
"한 가지, 자기를 알고자 할 때는 자기와 떨어져서 조용히 자기를 들여다봐야 합니다. 자신한테 너무 집착하거나 욕심이 생기면 물결이 흔들려서 자기의 모습은 온전히 비치지 않으니까요."

소리 없는 소리

고궁에 고궁과 함께 나이를 먹은 향나무가 있었다.

어느 날 그 향나무 밑에 오고 가는 사람들을 위해 의자가 하나 놓였다. 해질녘쯤 청춘 남녀가 의자에 오래오래 앉았다가 떠난 뒤 의자가 향나무한테 물었다.

"아까 그 아름다운 아가씨와 늠름한 청년을 보셨지요?"

"그래, 보았다."

"그들이 사랑을 맹세하고 갔어요. 행복한 결혼을 하겠지요?"

그러나 향나무는 대답이 없었다.

며칠 뒤였다. 중년 남자 둘이 와서 의자에 앉지도 않은 채 한참 다투다가 떠났다. 의자가 향나무한테 말했다.

"그들 둘은 원수 사이인가 봐요. 다시 말을 붙이면 성을 갈겠다고 하던데요."

이번 역시 향나무는 대꾸하지 않았다.

또 여러 날이 지났다. 가을이 깊어 햇볕이 따스하게 느껴지는 날이었다. 갑자기 고궁 한쪽이 왁자지껄하였다. 경비가 삼엄하였고 기자들의 발소리 또한 요란하였다. 의자가 향나무한테 말했다.

"굉장한 분인가 봐요. 호위하는 사람들이 많은데요."

향나무가 마지못한 듯 대꾸했다.

"부럽니?"

의자가 대답했다.

"네, 부러워요."

향나무가 바람 속에 가지를 흔들면서 천천히 말했다.

"그러나 예전 임금님의 행차에 비하면 아무것도 아니다."

이내 썰물이 지듯 그들이 떠나갔다.

다시 경비원은 졸기 시작했고 낙엽 구르는 소리가 쓸쓸함을 더해 주었다. 오후가 되자 초로의 노인이 혼자 와서 의자에 한참 앉아 있다가 갔다. 이번에는 향나무가 의자한테 물었다.

"저 사람이 누구인지 아니?"

의자가 대꾸했다.

"누군 누구예요. 별 볼일 없는 노인이죠."

"아니다. 저 사람도 한땐 경호를 받던 몸이었다."

"그런데 왜 지금은 저런 모습이죠?"

향나무가 조용조용히 말했다.

"내가 여기 고궁에서 깨달은 바로는 영원한 사랑도, 영원한 미움도, 영원한 권좌도 없다는 것이다. 그런데 왜 사람들은 이곳 고궁에 와서 이 소리 없는 소리를 못 알아듣는지 모르겠다. 조금이나마 알아듣는다면 그렇게 약게 살지 않아도 될 텐데……."

세 친구

　그 사람에게는 세 사람의 가까운 친구가 있었다.

　그중에서 그는 첫 번째 친구한테 온갖 정열을 다 바쳤다. 그는 때로 첫 번째 친구를 위해 이 세상의 삶을 산다고 할 정도였다.

　물론 두 번째 친구도 사랑했다. 그러나 첫 번째 친구를 위하는 마음에 비하면 두 번째 친구에 대한 공들임은 한참 못 미친 것이었다.

　세 번째 친구는 그저 생각의 범주에나 드는 친구일 뿐 첫 번째나 두 번째에 비하면 아주 희미한 친구였다. 솔직히, 마지못해 찾는다는 편에 속하는 것이 세 번째 친구였다.

　그런데 어느 날 왕의 사자가 이 사람한테 와서 왕의 부름을 전했다. 그는 친구 셋에게 함께 가줄 것을 청했다.

　그러나 보라. 그가 온갖 정성을 다 바쳐 온 첫 번째 친구가 무정하게도 돌아서는 것이 아닌가.

　"한 걸음이라도 같이 가줄 수 없겠는가?"

　그가 사정하였으나 첫 번째 친구는 꼼짝도 하지 않았다.

두 번째 친구는 그러나 조금 달랐다.

"성문 앞까지만 같이 가 주겠네."

그가 사정하였다.

"성 안까지는 안 되겠나?"

두 번째 친구는 고개를 저었다.

"안됐네만 성 안까지는 곤란하네."

그런데 뜻밖에도 그가 가장 소홀히 한 세 번째 친구가 나섰다.

"내가 자네와 끝까지 동행하겠네."

이 세 친구는 누구인가?

첫 번째 친구는 재산이다. 아무리 정성을 다했지만 자신이 죽을 때는 한 발짝도 따라오지 않는다.

두 번째 친구는 친척이다. 공동묘지까지는 따라오지만 거기서 돌아간다.

세 번째 친구는 선행이다. 마지못해 행한 것이어도 죽음 길까지 동행한다. 그 뒤에도 그의 이름으로 남아 있다.

빛과 그늘

사람들은 자기들이 거울을 본다고 하겠지만
그것은 사람의 생각일 뿐,
거울 쪽에서는 거울이 사람을 보고 있다.
거울은 별별 희한한 사람들을 다 본다.

얼굴을 거울 속에 들여놓고서 갖가지 칠로 꾸미는 사람들.
때로는 한 시간도 부족한 여자가 있다.
어떤 사람은 머리를 들이밀고서 흰 머리카락을 뽑는가 하면
콧구멍을 들추고 코털을 뽑는 사람도 있다.
살짝 윙크하는 연습을 하는가 하면
뾰로통한 표정을 연습하기도 한다.

나(거울)는 말한다.
걱정하는 사람은 이마에 주름살이 세로로 새겨진다.
원한은 눈초리에 살기를 집어넣어 봉합하며

불만은 얼굴에 그늘을 한 꺼풀씩 입힌다.
기쁨도 얼굴에 자국을 남긴다.
미소가 뚝뚝 듣는 사람은
그 얼굴이 도리어 나(거울)를 빛나게 해준다.

얼굴에 빛살이 퍼나가게 할 것인가.
골이 패게 할 것인가는
당신의 마음 씀이지
내(거울) 책임이 아니다.

나이치레

독일에 전해 오는 이야기입니다.

세상을 막 지어 놓고 하느님은 생명을 가진 모든 것들에 대한 수명을 정하려고 곰곰이 생각하고 있었습니다.

그때 이 소식을 듣고 당나귀가 헐레벌떡 달려왔습니다. 하느님은 당나귀의 목덜미를 쓰다듬으며 말하였습니다.

"내 너한테 30년의 수명을 주려고 한다. 네 생각은 어떠냐?"

당나귀는 천부당만부당하다는 듯 펄쩍 뛰었습니다.

"아이고, 하느님. 너무 깁니다요. 제 팔자는 아침 일찍부터 밤늦게까지 허리가 휘어지도록 일을 해야 합니다. 이 노역에서 벗어나는 길은 죽음입니다. 제발 좀 줄여 주십시오."

"네 말도 옳다."

하느님은 당나귀의 수명을 18년으로 하였습니다.

다음에는 개가 왔습니다. 하느님이 물었습니다.

"당나귀는 30년이 길다고 펄쩍 뛰었는데, 너는 어떠냐?"

"저야 하느님께서 주시는 대로 받겠습니다만 제 사정도 좀 들어 주십시오."

"어떤 사정인지 말해 보려무나."

"전 뛰어다녀야 하는 팔자를 타고났지 않습니까. 그러나 늙으면 뛸 수가 없습니다. 사람들의 구박을 면키 어렵지요. 이 점을 생각해 주셨으면 합니다."

"알았다. 그럼 12년으로 낮춰 주마."

조금 지나자 원숭이가 나타났습니다.

"넌 언제 봐도 놀고 있으니 수명을 좀 넉넉히 주어도 되겠구나."

"아닙니다요, 하느님. 하느님께서 다 아시지 않습니까. 저는 사람들을 웃겨야 합니다. 그러나 저희가 마냥 웃을 수만은 없는 일이지요. 속으로 우는 일이 얼마나 많은데요. 30년을 그렇게 산다는 것은 너무도 잔인한 일입니다."

"그래, 그래, 알았다. 그럼 너는 10년으로 하지."

마지막으로 사람이 왔습니다.

"모두들 공평히 30년으로 정해 두었다. 사람인 너희 수명으로는 적당한 길이지?"

"아닙니다. 하느님."

"왜? 너희도 줄여 달라는 말이냐?"

그러자 사람은 얼굴빛조차도 흙색으로 변하였습니다.

"정반대입니다. 저희에게 수명 30년은 너무나 짧습니다."

하느님은 빙그레 웃으시며 사람한테 물었습니다.

"얼마나 더 달라는 말이냐?"

"많을수록 좋지요. 과일나무를 심으면 과일도 따야 하고, 자식을 낳으면 시집 장가도 보내야 하고……."

"알았다, 알았어. 당나귀가 반납한 12년을 너희한테 주지."

그런데도 사람은 불만이 가득한 표정이었습니다.

"그래도 부족한 모양이지?"

"그렇습니다. 하느님."

"그렇다면 개의 18년도 주마."

"조금 더 주실 수는 없습니까, 하느님."

"원, 욕심도. 이제 남은 것이라곤 원숭이 수명에서 떼어낸 20년뿐이다. 이것으로 만족해야 한다. 자그마치 너희 수명은 80년이야."

이렇게 모은 80년이어서 사람의 수명 중 30년은 금방 지나갑니다. 원래의 몫이니까요.

그 뒤 12년은 당나귀의 것이기 때문에 무거운 짐을 지고 살아갑니다.

그 다음 18년은 개의 것이어서 마냥 뛰어다녀야 하고 때로는 구석에 웅크리고 앉아 지내는 처지입니다.

그 다음 20년은 원숭이의 것 아닙니까. 이때부터는 머리가 둔해져 바보짓을 저지르고 웃음거리로 생을 마감할 수밖에요.

나를 헹구어 주는 것들

여름 한나절, 만원 버스 안에서 머리 가르마가 선명한 여인이 든 싱싱한 상추 다발은 권태에 취해 있는 나를 상추 빛으로 헹구어 준다.

깊은 산, 바위 그늘 깊어 더욱 촘촘해진 이끼 사이로 뚝뚝 떨어지는 찬물을 청미래 잎사귀로 받아먹을 때. 그 가을 햇살 같은 맑은 물이 심장의 어디쯤을 적시고 가는지 유리관을 들여다보는 듯 환하게 느껴질 때.

사람 그림자 하나 얼씬하기 어려운 낭떠러지에 깊은 바닷물 빛깔로 피어난 도깨비 꽃하고 눈이 맞았을 때.

소나기가 한줄금 지난 다음 창을 열어 보면 성큼 다가서는 앞산, 그리고 한 켜 더 쟁여진 풀빛하며.

토란 밭 언덕을 지날 때였다. 무엇인가를 잊고 가는 것 같아서 뒤가 자꾸 돌아보였다. 어른대는 것을 확인하려고 발을 멈춘 순간, 토란 속잎 저 안으로 숨는 것이 있었다. 발소리를 죽이고 다가갔다. 그때 아아, 들켜 버린 알몸이 부끄러워서 이쪽을 향해 쏘아

대는 이슬방울로부터의 무지갯살을 대했을 때.

유년 시절이었다. 감꽃을 줍기 위해 수탉 울음소리에 일어났다. 그리하여 눈을 비비며 토방에 내려섰을 때 '출렁' 하고 발목을 적시던 새벽 달빛. 감꽃을 주워 올리면 달빛 또한 따라 올라와서 밀 짚 그릇을 남실대던 새하얀 사기 빛깔들.

간밤에 꿈꾸다가 눈 오줌 자국을 바랜다고 무지개가 떠오른 장독대 위로 올라가서 엉덩이를 치켜들고 있던 네 살배기 누이에 대한 기억. 그렇다. 남녘을 돌아오는 순환 열차를 탔을 때 남원쯤에 이르면 검정 유리창에 고등어 등빛처럼 언뜻언뜻 묻어나던 섬진강 쪽 먼동이며, 앞자리에 앉은 단발머리 소녀의 하얀 블라우스 앞섶에 판 박힌 코스모스 생꽃 자국도.

어쩌다 공동묘지에 들렀을 때 누구의 무덤인가, 빛바랜 신문지 위에 놓여 있는 종이 잔이 보이고, 종이 잔에 남아 있는 소주 속에서 맴돌고 있는 흰 구름 한 점을 발견했을 때.

돌덩어리를 들어냈다가 우연히 보는 늦가을 씨앗의 실낱같은 어린 발. 오솔길의 솔 가리개에 내려 있는 서리. 외딴 두메 옹달샘에 번지는 메아리 결.

추석 무렵, 재 너머 마을에서 들려오는 농악대의 은은한 징소리.

모든 것이 무정한 비무장 지대에서 그래도 하늘에만은 금이 없어 무지개가 나뉘지 않고 뜨는 것을 보았을 때. 그리고 "아!" 하고 소리친 나의 소리가 저들의 산을 돌아서 "아!" 하고 메아리 되어 돌아왔을 때.

한겨울 며칠이고 눈이 쌓여서 비상 도로마저도 끊기고 만 어느 날, 우연히 참호 근처 눈 위에서 발견한 까만 토끼 똥 몇 알.

음력 설이 가까워졌을 때 무 구덩이에서 파낸 무들의 노오란 순.

아침 이른 시간의 어시장 풍경 또한 나를 헹구어 준다.

태평양을 거스르고 다닌 상어의 늠름한 지느러미며, 동해의 늘 푸른 비린내를 뻐끔뻐끔 내놓고 있는 동태들.

가을이 설핏 물러가는 초저녁. 갑자기 겨울을 느끼게 하는 찬바람이 겨드랑 밑을 파고들 때.

폭풍이 몰려오기 직전의 아침노을. 건장한 청년의 어깨 근육처럼 꿈틀거리는 먹구름 사이로 깜짝깜짝 내비치는 번개.

무서리가 내린 새벽 정거장에 막 도착한 열차가 뿜어내는 우유 같은 증기.

목욕탕에서 나오는 소년의 빨간 뺨.

깊은 산속 연못에 들어앉아 있는 쪽빛 가을 하늘.

외딴 두메 마을 공소. 홀로 계신 성모 상 앞에 누가 가져다 놓았을까. 소주병에 꽂혀 있는 산나리 꽃 한 송이.

나를 헹구어 주는 것은 이 푸르름이다.

해바라기의 속살

그 해바라기는 비럭 땅 언덕배기에다 뿌리를 내리고 서 있었다.

그러나 왜 이런 박한 땅을 터로 주었냐고 불평하지 않았다.

그저 그는 묵묵히 자라고 있을 뿐이었다.

곁을 지나는 호박 넝쿨에는 호박꽃이 피어서 벌들이 잉잉거리며 드나들었다.

그러나 해바라기는 언제쯤 저도 벌들과 교제할 수 있느냐 묻지 않았다.

때가 되면 저한테도 꽃이 피어서 벌들을 만날 수 있으리라 믿었다.

해바라기는 장마 동안 해를 언제 보느냐고 안달하지 않았다.

폭풍을 오지 말게 해달라고 부탁하지도 않았다.

언젠가는 고통도 끝이 있으리라 믿었다.

마침내 해바라기한테도 꽃이 피었다.

그러나 해바라기는 여름이 길까 짧을까, 씨가 얼마나 들까 묻지 않았다.

오직 해바라기는 자신의 소박한 기다림이 헛되지 않을 것이라

믿었다.

해바라기는 오늘 하루도 충실히 살아 빈틈없이 속살을 찌운다.

이 단순함이 해바라기를 더욱 아름답게 한다.

지금 무슨 일에 억지를 부리고 있지는 않는지요?

조각보 같은 행복

한때 서울의 폭력계를 지배했던 사형수가 형장으로 향하면서 이런 말을 남겼다고 한다.

"내가 이제 다시 살기만 한다면 저기 저 기저귀가 날리는 판잣집 안에서도 진정한 행복을 찾을 수 있을 것 같다."

그가 마지막으로 그려 본 행복이란 어떤 것이었을까.

모르기는 해도 하루 일을 마치고 연탄 한 장 달랑 새끼줄에 꿰들고 들어가는 판잣집일망정 아기는 새록새록 잠들어 있고, 아내는 기저귀 개키고, 남편은 김치 깍두기에 막걸리 한 사발 마시는 데서 오는 그런 포만감이 아닐까 하고 생각해 본 적이 있다.

거대한 것만을 좇는 현대인들은 하찮게만 보일는지 모른다. 무슨 직위를 얻어 냈다든지, 아니면 몇십 대 일의 시험이나 추첨에 끌려들었다든지, 크나큰 상을 받아 냈다든지 해야 비로소 행복의 테두리 내에 드는 것으로 여기는 사람들.

그러나 가만히 살펴보면, 이렇게 큰 행운이라는 것을 받을 이는 지극히 소수에 불과하고 대부분의 인생은 이런 큰 선물을 받지 못한 채 끝난다는 것을 알게 된다. 하지만 평범한 가운데의 작은 행복은 누구든지 주워 가질 수도 있고 그냥 지나쳐 버릴 수도 있다.

지난겨울 어느 날, 산에 갔다가 내려오는 길에 목욕탕에 들렀다. 그때 나는 온통 물속으로 잠겨 들면서 "아, 기분 좋다."고 했는데, 나의 친구는 "아, 행복하다."라고 중얼거렸다.

작은 행복의 비결이란 각자가 어떻게 느끼는가 하는 바로 여기에 있는 것이 아닐까.

무지개가 떴다고 어서 빨리 도봉산 쪽의 창문을 열고 보라는 아이의 전화 한 통화로도 우리는 너끈히 행복해질 수 있다.

한번은 밤늦게 귀가하는데 달이 휘영청 밝았다.

약간의 취기가 있던 참이라 나는 오랜만에 웃친지 분께 전화를 걸었다.

"달이 보이세요? 만나서 술 한잔했으면 좋겠는데 거리가 원체 멀어서요."

그러자 이내 저쪽의 호령이 떨어졌다.

"무슨 소리를 하는 거야. 그럼 지금 하자고. 꼭 얼굴을 대하고 먹어야만 맛인가 뭐. 자네도 준비하게.(여보, 술 한 잔 따라 오우. 어서) 자, 드세. 건배!"

그렇다. 그때 내 가슴에 술보다도 먼저 흥건히 고이던 것을 행복이라고 나는 자신 있게 말할 수 있다.

며칠 전 미국으로 떠나기 직전에 만난 한 여기자의 손톱에 봉숭아물이 참 선명했다.

"봉숭아가 나올 철도 아닌데 어떻게 하셨어요?" 하고 내가 묻자, 그 여기자는 수줍게 웃으며 대답했다.

진주에 사는 시가에 인사드리러 갔더니 시어머니께서 물들여 주셨노라고.

그분의 시어머니는 봉숭아와 백반을 찧어서 비닐로 싸 냉장고에 보관해 두고 계시다는 것이다.

봉숭아물보다 더 진한 시어머니와의 행복한 영상을 지니고 간다는 며느리. 그분들의 맑은 행복이 나한테까지도 잔잔히 전해져 왔었다.

그래, 이렇듯 행복이란 가꾸어 갈 수도 있는 것이다.

작은 조각 천들을 이어 붙여 커다란 식탁보를 만들 수 있듯이, 남이 보기에는 부스러기와 같은 것이지만 잘 이으면 큰 것 못지않은 행복을 누릴 수도 있는 것이다.

빈손

밤낮으로 돈만을 쫓아다녀서 마침내 재물창고를 꽉 채운 사람에게 암이 찾아왔다.

어찌할 수 없이 죽음을 맞게 된 그 사람이 자식들에게 유언했다.

"입관할 때 내 관의 팔 근처를 뚫어서 두 손을 바깥으로 내놓아라."

"아니 아버지, 왜 그렇게 해야 합니까?"

"세상 사람들한테 빈손으로 돌아간다는 것을 확인케 하고 싶어서 그런다."

너는 누구인가

그녀는 차를 타고 가고 있었다. 그런데 갑자기 뒤에서 큰 화물 트럭이 덮쳐 들면서 꽝 소리가 났다. 그 순간 그녀의 모든 것이 아득해졌다.

그녀는 누군가의 질문을 받았다.

"너는 누구인가?"

그녀는 자신의 이름과 주민등록번호 그리고 주소를 댔다. 들려오는 소리가 다시 물었다.

"나는 너희 사회에서의 그런 분류 형식을 묻지 않았다. '너는 누구인가'라고 물었다."

그녀는 대답했다.

"네, 저는 사장의 부인입니다. 남들이 저를 가리켜 사모님이라고 부르기도 합니다."

그러자 들려오는 소리는 말했다.

"나는 누구의 부인이냐고 묻지 않았다. '너는 누구인가'라고 물었다."

그녀는 다시 대답했다.

"네, 저는 1남 1녀의 어머니입니다. 딸아이는 특히 피아노에 천재적인 재능이 있습니다. 얼마 전에는 어떤 신문사 주최의 음악 콩쿠르에서 상을 받아 오기도 하였습니다."

그런데도 들려오는 소리는 계속 물었다.

"나는 누구의 어머니냐고 묻지 않았다. '너는 누구인가' 라고 물었다."

그녀는 침이 마른 혀로 대답했다.

"저는 교회를 다니고 있습니다. 간혹 불우 이웃 돕기에도 앞장섰습니다. 저희 교회에 다니는 사람들은 저를 알고 있습니다."

그래도 들려오는 소리의 질문은 그치지 않았다.

"나는 너의 종교를 묻지 않았다. '너는 누구인가' 라고 물었다."

그녀는 응급실에서 깨어나면서 중얼거리고 있었다.

"내가 누구인지 좀 가르쳐 주세요. 내가 누구인지……."

아첨곡

　지혜로운 임금이 있었다.

　임금은 또 엉뚱한 일을 잘 하기도 했다.

　달 밝은 밤이었다. 궁전에서 연회가 열렸다. 정승들이 모이자 임금이 나타났다.

　그런데 임금은 전에 없이 거문고를 들고 있었다. 임금이 거문고를 가리키며 말했다.

　"지리산 도인께서 나한테 보내온 신기한 거문고인데 이 거문고는 뜯는 사람이 따로 없어도 스스로 소리를 낸다 하오. 다만 마음이 청정한 사람한테만 들리는 게 흠이오만, 경들이야 다들 청렴결백하니 걱정될 게 뭐 있소. 자, 즐겨 봅시다."

　괴괴한 정적 속에서 임금의 고개가 끄덕여지기 시작했다. 손가락 장단을 맞추기도 했다.

　정승들의 어깨 또한 하나, 둘 들썩거리기 시작했다. 영의정은 손바닥으로 무릎장단을 맞추었다. 좌의정은 일어나서 춤을 추었다. 나중에는 너도나도 흥겨운 거문고 가락에 그만 못 참겠다는 듯 일어나서 춤들을 췄다.

"거참 신비하기도 하구려. 저렇게 아름다운 곡이 뜯는 사람 없이도 연주되다니."

"글쎄 말이오. 기가 막히외다."

잔치가 어느 정도 기울자 임금이 빙그레 웃으며 물었다.

"거문고 소리를 혹시 듣지 못한 분, 계시오?"

정승들은 일제히 머리를 조아리며 대답했다.

"잘 들리옵니다. 마마!"

임금이 다시 물었다.

"그럼, 지금 저 거문고의 소리 없는 곡 이름이 무엇인지 아오?"

정승들은 서로의 얼굴만 쳐다볼 뿐 누구도 선뜻 입을 열려고 하지 않았다. 임금이 내뱉듯이 한마디 하고는 내전으로 들어가 버렸다.

"그럼 내가 곡 이름을 말하리다. 아첨곡이오. 아첨곡!"

참 맑고 좋은 생각

기숙사 사감이 학생들을 모아 놓고 물었다.

"한 방에 들어갔더니 거미줄이 있었어요. 여러분은 어떤 생각이 드는지요?"

학생들은 너도나도 나서서 그 방의 거주자를 매도했다.

"며칠 비워 둔 것이 분명합니다."

"거주자가 지저분하고 게으른 사람입니다."

"주의력이 형편없이 부족한 사람일 것입니다."

"거미 한 마리도 못 죽이는 소심한 성격의 소유자가 틀림없습니다."

오직 창가에 앉은 학생만이 이렇게 말했습니다.

"그 방에는 신기하게도 거미가 살고 있었군요."

그대 뒷모습

유능한 관상가는 세수조차도 하지 않은 본래의 얼굴을 보고자 한다고 들었다. 아니, 그보다 더 나은 관상가는 뒷모습을 눈여겨본다고 했다.

〈춘향전〉에도 이몽룡이 성춘향더러 "뒤로 돌아서라, 뒤태를 보자."고 하는데 세태가 변하면서 앞모습만 강조되는 현실이다.

사실 내용보다도 겉포장이 중시되고, 실속보다도 이름값을 들추어 따지는 세상에서 뒷모습 예찬을 나서는 나에 대해 스스로 연민을 금할 수가 없다.

이제는 도시건 지방이건 어지간하면 군중을 실감할 수 있다. 옛날에는 옷깃만 스쳐도 인연이라 했다지만 지금은 거리에서, 차 안에서 맨살끼리 부딪치는 것도 다반사이고, 이것을 인연으로 생각할 사람은 억지라고 해도 지나친 말이 아니다.

앞에 나타난 얼굴을 곁눈질이라도 하다 눈이 부딪쳐 뺨에 꽃물이 번지던 시절은 이미 풍속 박물관용이 되어 버렸다. 정면으로 대하게 돼도 눈썹 하나 움직이지 않고 눈싸움이라도 하는 양 좀처럼 비키려하지 않는 현대인들.

차라리 나같이 소심한 사람은 행인들의 뒷모습에나 부담을 느끼지 않고 오래오래 바라본다. 정류장에서, 지하철에서 그리고 길을 가면서 앞사람의 뒷모습을 보고 혼자만의 상상을 할 수 있다는 것은 나만의 즐거움이기도 하다.

지난 2월 어느 날이었다. 또박또박 걸어가는 앞선 여인의 발걸음이 그렇게 곧을 수가 없었다. 앞에서 사람이 충돌할 듯 마주 오면 투우사처럼 한 걸음 옆으로 비켜나서 걷는 것도 앙증스러워 보였다.

전철을 기다리는 시간에는 책을 꺼내어 보았고 전철 안의 사람 틈을 비집고 들어갈 때는 연방 고개를 숙이며 미안함을 표시했다.

그러나 정작 내가 감동한 것은 그다음이었다. 추운 겨울 아침의 전철 창은 성에가 가득하게 마련이다. 그럴 때 대개의 사람들은 무심하지만 더러는 손길이 닿는 부분을 빠끔히 닦아서 자기 한 사람이면 족할 만큼의 창밖 풍경을 내다보곤 한다. 그런데 이 여인은 핸드백에서 휴지를 꺼내더니 유리창 전체의 성에를 다 닦아 내는 것이 아닌가.

나는 그 여인의 뒷모습을 지켜보면서 우리가 성인聖人들의 초상

화에서 보는 후광後光이란 바로 이런 데서 생기는 것이겠구나 하고 깨달은 적이 있다.

나는 간혹 우스갯소리로, 우리 집 장롱의 상흔을 헤아려 보면 우리 집이 이사 다닌 횟수를 알아낼 수가 있다고 말하곤 한다. 상도동에서 수유리로, 수유리에서만도 세 번, 태릉으로, 그리고 수원으로.

그동안에 딱 한 번 전 주인으로부터 받은 편지가 나한테 아주 소중히 보관돼 있다.

"안녕하십니까?

저는 이번에 선생님이 이사해 오신 그 집에서 7년을 살았던 사람입니다. 그날 사정상 선생님 댁이 오시기 전에 저희가 떠난 관계로 서로 상면할 기회를 가지지 못했습니다. 미안하게 생각합니다.

제가 오늘 펜을 든 것은 그 집에서 살아 본 사람으로서 일러 드리고 싶은 두어 가지가 생각나서입니다. 먼저 건넌방에 연탄가스가 한 번 샌 적이 있었던 사실입니다. 물론 경미한 일이었고 수리도 곧바로 했습니다만 혹시 또 모르니 가구를 들여놓기 전에 한 번 더 살펴 주시기 바랍니다.

그리고 어쩌다 부엌 하수구가 막힐 때도 있었는데 그것은 부얼 위치상 하수도 배관이 휘어 있어서 그렇습니다. 그럴 땐 부엌 뒤꼍에 있는 작은 돌무더기를 헤치고 뚫으면 큰 힘이 들지 않습니다.

옆에서 집사람이 또 하나 더하는군요. 아주머니께서 찬거리를 사실 때는 골목 시장의 끝에서 두 번째 있는 할머니 가게에서 사는 것이 싸고 맛있다 합니다. 특히 그 할머니는 부모 없는 오뉘를 공부시키면서 근근이 살아가는 분이라 하는군요.

그럼 선생님 댁에 두루 편안하시고 즐거운 나날이기를 기도드리면서 이만 줄입니다."

자연을 보고 있자면 시작도 물론 아름답다. 먼동이 터오는 아침, 봄날의 여린 새싹들, 어린 새들의 재롱.

그러나 자연의 아름다운 뒷모습은 이에 비할 바가 아니다. 해 질 무렵의 저녁노을, 저 불붙는 듯 화려한 낙엽들, 새들도 죽을 때 우는 울음이 가장 빼어나다 하지 않던가.

뒷모습은 곧 그 사람의 성숙도를 나타낸다. 이 지구를 다녀간 뒤에 성인으로 추앙받는 분들을 보라. 어디 뒤끝이 상큼하지 않은 이가 있는가.

근자에 우리 주변에서는 어떤 분의 특별 강연 내용이 흘러나

와 쓴웃음을 웃게 하였다. 한때 '빽' 그 자체였고, '힘' 그 모체였던 분이 "빽도 없고 힘도 없어 억울하노라."는 넋두리와 함께 "분한 마음에 잠이 오지 않아 밤중에 소리라도 지르고 싶다."고 했다던가.

미국의 대통령이었던 카터는 고향에서 목수 일을 익혀 이웃집들 수리하는 일을 돕고 있다는 외신을 본 적이 있다.

그 사람의 실체는 정작 본인이 떠난 다음에 그가 머문 자리에서 운명처럼 향기처럼 남는 것이다.

앞모습보다는 뒷모습이 아름다운 이들의 이웃이고 싶다.

오! 놀라운지고

한 선사가 크게 깨우치고 읊었다는 선시禪詩가 생각난다.

오! 놀라운지고
내가 장작을 패네
내가 샘물을 긷네

현대 생활을 하는 이들로서는 장작을 팬다든지, 물을 긷는다든지 하는 것은 옛 생활양식의 한 여건으로서 그러려니 할는지도 모르겠으나 그 선사의 시대(15세기)를, 그리고 산사山寺라는 환경을 고려한다면 조금도 놀라운 일이 못 된다.

땔감으로 쓰기 위해서 장작을 패고, 먹기 위하여 샘물을 긷는 일상日常이 무어가 그리 신기하다는 말인가.

여기에서 우리가 정작 주목해야 할 것은 매양 반복되고 있는 장작 패고 물 긷는 사실이 아니라, 막상 달라진 것은 하나도 없는데 어느 순간에 놀라움으로 가득 차게 된 선사의 마음이다.

풀은 역시나 풀이다. 그 사람도 여전히 그 사람이다. 그러나 어느 날 문득 우리들 눈의 안쪽 문이 열렸을 때 풀이 별로도 비칠 수 있는 일이며 그 사람이 전혀 다른 달덩이로도 보일 수 있을 것이다. 이때 생기는 것이 곧 놀라움이지 않겠는가.

놀라움, 이는 관조의 정체이다. 관조는 황홀경, 즉 혼이 빠져나가는 것하고는 다르다. 우리가 무엇을 보고 황홀경에 빠졌다면 의식을 잃는 것이지만, 깨달은 관조자는 여전히 장작을 패고 샘물을 길으면서도 새로워지는 것이니 이를 우리는 깨달은 사람으로 불러야 할 것이다.

현대인들에게 있어 불행은 감탄사를 잃어버린 데 있다고 나는 생각한다.

무엇을 보거나 '그렇지 뭐'로 시들하게 생각하는 사람. 아름다운 음악을 들어도, 신록의 나뭇잎을 대해도, 무지개가 떠도 감동할 줄 모르는 사람. 파란 하늘을 보고, 꽃을 보고 감탄하는 사람을 보면 "원, 저렇게 감정이 헤퍼서야." 하고 혀를 차는 사람.

이 사람들에게 감탄사는 이미 삭아 없어진 지 오래이다. 그저 장작 패고 물 길으며 남들이 이렇게 사니까 이렇게 살며, 남들이 죽지 못해 산다니까 자신 또한 죽지 못해 사는 것이다.

유한한 우리의 생에 있어서 마감은 저만큼서 다가오고 있는 것이나 다름없다. 어떤 스님은 한 해를 넘기면서 "또 1년이 나한테서 빠져나갔다."고 표현했었다. 곶감 꿰미에서 곶감을 빼먹듯 우리는 마침내 우리에게 주어진 시간을 다 살고 나면 한 줌 흙으로 돌아가게 된다. 우리는 다만 그것을 모른 척하고 살아가는 우매한 축생일 뿐이다.

내일 도살장으로 팔려 갈 황소가 그 사실을 모르기 때문에 오늘 한가로이 풀을 뜯고 있는 것처럼 그렇게 무지한 우리의 일상.

때로는 혼이 빠져나가는 것 같은 황홀에 젖는다. 한 잔의 술에, 한 순간의 색정에, 성취감에 도취하는 기쁨에. 그러나 이는 얼마나 덧없음인가. 숙취에서 이는 고통, 색정에서 깨이는 허무, 승리는 이내 다음에 올 패배의 예고이며 한번 쥔 명예는 다시 옮겨 가게 마련이지 않은가.

그러나 우리의 생이 이렇게 파선으로 마쳐져서야 될 일이 아니다. 소금인 양 수분이 지워지고 마침내 염분만으로 이루어진 한 떨기 인생. 그 젊은 날의 수분(꿈)은 어디로 사라졌는가 한탄만 한다고 되는 일이 아니다.

한마디로 지엽적인 존재가 아니라 원천적인 존재를, 닳아지는 삶이 아니라 닦아 가는 삶을. 그리고 기술적인, 부분적인 생각이 아니라 본질적이며 심성적인 느낌으로, 현실의 탁류로부터 우리

들을 구원할 이는 우리 자신밖에 없는 것이다.

나는 티베트의 한 스님의 설법을 읽은 적이 있다. 내용인즉 이렇다.

"온 세계를 소가죽으로 덮는다면 우리는 신발 없이 맨발로 걸어 다닐 수 있을 것이다. 그러나 그것은 불가능한 일. 하지만 우리가 발에 소가죽 신발을 신는다면 그것은 온 세계를 가죽으로 덮는 것과 같은 것이다."

마찬가지로 "온 세계를 자기 뜻에 맞는 이상향으로 만든다는 것은 불가능한 일이다. 그러나 우리가 보리심을 일으키고 인욕忍辱의 신발을 신는다면 온 세계는 곧 자기 마음에 맞는 이상의 세상이 될 것이다."라고.

오늘 우리에게 있어 당장 급한 것은 '오!' 하는 우리의 감탄사를 복원하는 일이다.

오! 놀라운지고
내가 이 아침을 맞네
내가 이 일을 하네

오늘의 우화

얼마 전에 나는 우화를 하나 썼다.

그 우화는 1960년대에 서울로 막 올라온 사람이 시골 친구에게 엽서를 띄우는 것으로부터 시작한다.

"서울 사람들의 오직 한 목표는 일자리일세. 일자리를 얻기 위해 몰려다니는 비참함이란……."

그는 1970년대에 들어서 다시 이런 엽서를 시골 친구에게로 띄웠다.

"서울 사람들의 현재 목표는 돈일세. 돈이 된다면 몸도 정신도 다 팔아 먹는다네."

1980년대가 오자 또 한 장의 엽서를 띄웠다.

"서울 사람들의 지금 목표는 권력일세. 줄을 잡기 위해 사냥개처럼 코를 큼큼거리며 뛰어다니는 사람들 천지일세."

1990년대가 당도하자, 그는 이번에는 이런 엽서를 띄웠다.

"서울 사람들의 현재 목표는 스피드일세. 1분 먼저 가기 위해 과감히 목숨까지도 건다네."

그러자 시골 친구로부터 엽서가 날아왔다.

"그렇게 위험을 무릅쓰고 번 1분을 어디에 쓰는지 그 용도를 알려주면 고맙겠네."

이 우화의 끝은 시골 친구에게 보내는 답신으로 맺었다. 곧 "다방에서 차를 마시며 노닥거리기도 하고, 텔레비전을 보기도 하고, 화투를 치기도 하고, 입 벌리고 조는 데도 쓰고 그런다네."라고.

물론 현대는 사정이 통하지 않는 컴퓨터(님) 때문에 마감 시간 1분 전 피가 마르는 듯한 다급한 분이 있기도 하다는 것을 모르는 바는 아니다.

문제는 처음부터 남보다 더 좀 나아져 보려고 시작한 달리기가 지금은 자신이 왜 이렇게 달려야 하는지를 생각할 겨를도 없이 남이 달리니까 나도 달린다는 데 있다.(어떤 면에서는 저승까지도.)

더 빨리 가기 위해 신호가 풀리기 수초 전에 자동차의 액셀러레이터에 발을 올려놓는 사람들로 꽉 차버린 우리 현실.

이탈리아가 한창 기계 문명과 산업화 열병에 휩쓸려서 정신이 없었을 적에 이런 칸쵸네가 젊은이들 사이에서 조용히 번졌었다고 한다.

뛰지 마. 그러면 너는 볼 수 있을 거야.

네 주위의 많은 아름다운 것들을.

꽃 속에 사랑이 가득한 세계가 있는 걸 모르니?

뛰지 마, 그러면 너는 찾을 수 있어.

길가 돌 틈의 너만을 위한 다이아몬드를.

멈추어 서면 알 수 있을 거야.

너는 많이 뛰었지만 항시 그 자린 것을.

그렇다. 앞뒤를 살펴볼 겨를도 없이 소유와 안락을 위해 "바쁘다, 바빠."를 외치며 달려온 우리가 이제부터 되뇌어야 할 것은 "천천히, 천천히."이다.

우리들 본래의, 간혹 멈춰 서서 먼 산을 바라보는, 조금은 빈 듯한 여유, 그리고 논두렁길에서 서로 마주쳤을 때 짐 진 사람이 먼저 가도록 비켜 주던 그 덕으로 저 반가사유상의 미소를 회복하여야 이 악성 스피드 재난을 면한다.

그리하여 먹기 위하여 나는 것이 아니라, 자신을 극복하기 위해 무리로부터 떨어져 날기를 힘써서 마침내 사랑과 진리의 법을 준수하는 사람들의 상징이 된 '갈매기 조나단'의 삶을 살아갈 때, 비로소 우리는 오늘을 온전히 살고 있다고 말할 수 있을 것이 아닌가.

사람 사치

왕한테는 두 딸이 있었다.

어느 날 왕은 두 딸에게 치장 솜씨를 한번 보고 싶다고 하였다.

큰딸은 비단옷에 귀걸이 팔걸이 등 온갖 사치를 다 하고 나왔다.

그러나 작은딸은 밝은 친구들과 함께 나와 의아하게 쳐다보는 왕한테 말했다.

"아버지, 저는 사람 사치를 합니다."

향기 자욱

어른들은 그 방에서 화투판을 벌였다.

담배를 피우며, 고기를 구웠다. 술을 마시고 또 마시며, 벌겋게 되어 떠들었다.

방문을 열고 들어선 그는 악취에 코를 쥐었다.

그러나 그도 얼마 가지 않아 함께 묻혀 버리고 말았다.

저녁 무렵이 되자 그의 아이가 그를 데리러 왔다.

문을 열고 들어온 아이한테는 신선한 바람과 함께 꽃향기가 나고 있었다.

어른들이 물었다.

"너는 어디 있다가 오느냐?"

아이가 대답했다.

"꽃밭에서 놀았어요."

당신은 지금 어디에서 무슨 내음을 묻히고 있는지요?

향나무와 옻나무

형이 말하였다.

"진리는 향나무이고 허위는 옻나무이다.
향나무는 찍는 도끼에도 향을 묻히나
옻나무는 가까이 하는 사람에 피부병을 전한다."

보리네의 겨울

보리는 북풍이 시작될 무렵에 태어났다.

얼어붙기 시작하는 땅에 여린 발을 내리고서 파란 몸을 일으켜 살아야 하는 기구한 팔자였다. 그러나 보리는 눈보라가 치는 날에도 이를 악물고서 자람을 멈추지 않았다.

겨울인데도 사흘을 내리 보리밭에 따스한 햇볕이 들었다.

보리는 모처럼 기지개도 켜고 하품도 하면서 무릎을 곧추세웠다. 그런데 이게 웬 날벼락인가. 주인네 집 식구들이 나타나서 사정없이 보리를 밟아 놓는 게 아닌가.

윗 밭 보리는 하늘을 우러러 원망하였다.

"아랫 밭을 보세요. 좋은 거름에 아무런 억눌림 없이 쑥쑥 자라고 있지 않은가요? 유독 우리한테만 이렇게 견뎌 내기 어려운 고통을 줄 게 뭐 있나요?"

그런데 이삭을 내밀어 익어 가고 있던 5월의 어느 날 밤이었다.

먼 바다로부터 비바람이 올라왔다. 비바람은 사정없이 들녘을 훑었다.

아랫 밭의 발목 힘이 약한 키 큰 보리네는 바닥에 쓰러져 누웠다. 그러나 윗 밭의 발목 힘이 강한 키 작은 보리네는 허리를 곧추 세운 채로 꿋꿋이 이겨 냈다. 그제야 윗 밭의 보리는 푸른 하늘을 우러러 감사 기도를 하였다.

"한때의 고통이 축복이었음을 이제야 깨달았습니다."

멀리 가는 향기

향원정香遠亭이라는 정자가 있었다.

마음이 청정한 사람이면 누구든 이곳에서 아름다운 향기를 대할 수 있다는 말이 전해져 오는 정자였다.

어느 날 어진 임금께서 길을 가다가 이 정자에서 쉬게 되었다. 이때 미풍에 얹혀 슬쩍 지나가는 향기가 있었다. 기가 막힌 향기였다. 임금은 수행 신하들을 불러서 부근에 피어 있는 여러 꽃을 꺾어 오도록 했다.

신하들은 뿔뿔이 흩어져서 향기가 좋기로 소문난 꽃들을 한 가지씩 가지고 왔다.

모란, 난초, 양귀비……

그러나 임금은 꽃을 하나하나 코에 대어 보고는 고개를 저었다.

임금은 궁으로 돌아가서 향 감별사를 불렀다. 그리고 말했다.

"내가 향원정이라고 하는 정자에서 일찍이 대해 본 적 없는 아름다운 향기를 만났었다. 경은 지금 곧 그곳으로 가서 그 향기가 어디의 어느 꽃의 것인지를 알아오도록 하여라."

향 감별사는 그날부로 향원정에 가서 머물렀다. 날마다 코를 세우고 임금을 황홀케 했다는 그 향기를 기다렸다. 그러나 그 향기는 좀체로 나타나지 않았다.

간혹 바람결에 묻어오는 향기가 있기는 했다. 그러나 그것은 향 감별사가 아니더라도 쉽게 알아맞힐 수 있는 향기였다. 작약 꽃이며, 수선화며, 찔레꽃의 향기들.

여름철이 지난 뒤 향 감별사는 실망하여 일어났다. 그러나 얼른 발이 떨어지지가 않았다. 그는 시름없이 기둥에 머리를 기대고 서서 먼 지평선을 바라보았다. 처마 끝의 풍경처럼 세상만사를 놓아버리고 하늘가를 떠가는 흰 구름에 마음을 실었다. 그 순간이었다. 코를 스치는 향기가 있었다.

향 감별사로서도 평생 처음 대해 보는 아름다운 향기였다.

"아, 이 향기가 임금님을 황홀케 한 향기로구나."

향 감별사는 서둘러서 바람이 불어오는 서녘을 향해 걸었다. 들판을 지나서 산자락을 헤매었다. 강나루를 돌아 마을을 뒤졌다. 그러나 좀체로 그 향기를 가진 꽃은 찾을 수가 없었다. 하루, 이틀, 사흘째 해가 저문 저녁때였다.

꽃을 찾아내지 못한 향 감별사는 힘없이 향원정으로 돌아왔다. 굳이 알아내야겠다는 욕심을 포기하자 마음이 가벼워졌다. 뒤편

개울에서 몸을 씻고 정자에 앉았다. 솔바람이 소소소 지나가자 등근달이 떠올랐다. 저만큼 떨어져 있는 바위로부터 도란거리는 새소리를 그는 들었다.

"저 작은 새는 이 고요한 달밤에 누구와 얘기하고 있는 것일까?"

새가 바라보고 있는 곳으로 고개를 돌린 향 감별사의 눈에 풀 한 포기가 비쳤다. 그것은 이제껏 헛보고 지냈던 바위틈에 있었다.

향 감별사는 자리에서 일어났다. 달빛 속을 걸어 바위 가까이 다가서 보니 풀이 좀 더 잘 보였다. 그런데 서너 갈래의 풀잎 사이로 고개를 숙이고 숨는 희미한 점이 있어 그를 안타깝게 했다.

이때였다. 먼 하늘 깊은 곳에 있는 별빛인지, 가늘고 맑은 바람이 한 줄기 흘러왔다. 그러자 보라. 풀숲 사이에 작은 꽃이 갸우뚱 고개를 내밀다가 들킨 향기를. 바로 그 황홀한 향기가 아닌가.

향 감별사는 임금 앞에 돌아가서 아뢰었다.

"그 향기는 화관이 크고 아름다운 꽃들의 것이 아니었습니다. 그리고 또 멀고 귀한 곳에 있는 것도 아니었습니다. 어떠한 역경 속에서도 굳세게 살고 자기 빛을 잃지 않은 작은 풀꽃이 지니고 있는 것이었습니다. 다만 그 향기는 보는 이의 마음이 청정할 때만이 제대로 깃들 수 있기 때문에 좀처럼 만나기가 어려울 뿐입니다."

왕릉과 풀씨

고아원의 뒷동산에 작은 무덤이 있었다. 그리고 그 무덤 위에서 풀씨가 익어 가고 있었다.

어느 날 밤, 큰 바람이 불어와 풀씨가 날려 갔다. 풀씨가 떨어진 곳은 어마어마하게 큰 무덤가였다.

아침이 되자 여기에 살고 있는 개미가 나타났다. 풀씨는 개미한테 물었다.

"여기가 어디니?"

"왕릉이다."

개미는 풀씨한테 자기네가 살고 있는 왕릉에 대해 자랑을 늘어놓았다.

"이 능은 만 평도 넘어. 그리고 돌로 된 근엄한 대감도 있고, 말도 있지."

풀씨가 다시 물었다.

"그럼 그들이 다시 저기 저 나무 위에서 노래하고 있는 새소리를 들을 수 있니?"

개미가 답답해 죽겠다는 듯이 말했다.

"그들은 살아 있지 않아. 그냥 장식으로 여기에 서 있는 거야."

"그런 게 뭐가 자랑거리가 되니? 나는 작고 힘이 약한 풀이지만 아무 데나 떨어져도 뿌리를 내리고 살지. 이름을 갖지 못했지만 꽃을 피우기도 하고 풀벌레들의 보금자리가 되어 주기도 하는걸."

개미가 반박했다.

"물론 살아 있음이 중요하지. 그러나 신분에 따라서 죽은 이의 무덤도 다른 거야. 이 왕릉을 보고 느껴지는 거 없어?"

풀씨가 한심스럽다는 표정으로 말했다.

"나는 고아원을 세우고 그 고아원에서 아이들과 함께 살다가 죽은 사람의 무덤 위에서 살았었어. 그 무덤의 묘비 글은 이래."

나를 고아들이 자주 찾는 뒷동산에 묻어 주오.

내 무덤은 그리고 내 한 몸 길이만 하게 작게 하여 주시오.

아이들이 놀다가 다칠지도 모르니 돌로 된 것은 아무것도 만들지 마시오.

다만 잔디가 벗겨지면 아이들이 찾아오지 않을지도 모르니

봄마다 잔디나 한번씩 손 봐 주시오.

"네가 못 보아서 그렇지, 이 무덤 속에 들어가면 임금님의 관이 있어. 그리고 큰 칼도 있는걸."

"그건 진짜를 정복하는 것이 아니야. 진짜는 그런 왕관이나 칼에 의해 정복되지 않고 위대한 영혼에 의해 정복되는 거야."

한참 후 개미가 입을 열었다.

"그래, 나도 이제 알겠다. 이곳에서 구경꾼들이 흘려 버리는 과자 부스러기나 주워 먹고 살 것이 아니라 내가 땀 흘려서 먹이를 구하여야겠다. 그리고 내가 사는 뜻을 가꾸어 볼 수 있게 하기 위해서도 들녘으로 나가야겠다."

풀씨도 말했다.

"그래, 네가 이곳을 떠난 후면 내가 대신 이곳에 뿌리를 내려서 이 왕릉의 수평이 기울어지지 않게 하겠다. 그리고 뜻을 가진 이면 알아볼 수 있게 내 푸른 잎을 세우고 살아야지. 그래서 이 왕릉의 위엄에 조금도 기죽지 않은 내 맑은 혼을 보여 주겠다."

화평의 길쌈

무엇이고 원하는 것을 길쌈할 수 있는 베틀을 만드는 노인이 있었다.

이 노인에게는 과년한 딸이 셋 있었다. 큰딸이 시집을 가게 되자 노인이 물었다.

"무엇을 원하느냐? 원하는 것을 가질 수 있는 베틀을 지어 주마."

큰딸이 말했다.

"아버지, 저는 지위가 높은 사람의 아내가 되고 싶습니다. 권력을 길쌈할 수 있는 베틀을 지어 주십시오."

"그래라."

노인은 권력이 길쌈되는 베틀을 만들어서 큰딸에게 주었다. 다음에는 가운데 딸이 시집을 가게 되었다.

"아버지, 저는 돈 많은 사람의 아내가 되고 싶습니다. 재력을 길쌈할 수 있는 베틀을 원합니다."

"그래라."

노인은 돈이 길쌈되는 베틀을 만들어서 가운데 딸에게 주었다.

얼마 후, 막내딸이 시집을 가게 되었다.

"아버지, 저는 다른 것은 좀 부족하더라도 화목하게 살고 싶습니다. 화평을 길쌈할 수 있는 베틀을 원합니다."

"그래라."

노인은 화평을 길쌈하는 베틀을 지어서 막내딸에게 주었다.

몇 해가 지났다. 노인은 이 세상을 하직할 때가 다가오는 것을 알았다.

마지막으로 딸네 집들을 돌아보고자 집을 떠났다.

큰딸은 과연 경비도 삼엄한 고관대작의 관저에 살고 있었다. 그러나 아버지를 만난 딸의 푸념은 길기만 하였다.

"아버지, 저는 한시도 마음 놓을 날이 없습니다. 남편이 권좌에서 밀려날까 봐, 경쟁가가 나타날까 봐 불안하기만 한 나날입니다. 더욱이 많고 많은 청탁이며 원망에 몸 둘 곳이 여의치 못합니다."

다음은 가운데 딸 집에 찾아갔다. 가운데 딸은 역시 돈으로 도배를 한 듯한 으리으리한 집에 살고 있었다. 그러나 아버지를 만난 딸의 하소연은 길기만 했다.

"아버지, 돈 등창이 나서 못살겠습니다. 남편은 바람 잘 날이 없고, 친지들은 물론 별의별 사람들이 다 손을 벌리고 돈타령을 하는 통에 어디 도망이라도 가고 싶을 지경입니다."

마지막으로 찾아간 막내딸은 삼간집에서 단출하게 살고 있었다. 그러나 딸의 얼굴에는 미소가 잔잔히 배어 있었고 집안에도 웃음소리가 그치지 않고 있었다.

"아버지, 무엇 하나 부러울 게 없는 저희 집입니다. 남편은 작은 기쁨도 크게 받아들이고 자식들은 오순도순 우애가 좋습니다. 아버지, 저희 집에서 며칠 더 묵어가십시오."

한 인디언 추장의 메시지

똑같은 신문을 들었는데도 어떤 사람은 그 기사를 읽었는데 반해 어떤 사람은 그 기사에 대해 전혀 캄캄하다.

하물며 엄청나게 늘고 있는 현대의 정보에 있어 우리가 듣도 보도 못하고 놓쳐 버리는 것이 부지기수일 것이다.

나는 가끔 오랜만에 만나는 사람들에게 "요즘은 어떤 책을 읽고 계십니까?"라든지 "그동안 감명 깊게 보았던 것이 있으십니까?" 하고 물어본다. 그리하여 때로는 내가 근접하지 못했던 좋은 책을 천거받기도 하고 감동되는 이야기를 듣기도 한다.

한때는 내게도 내가 좋아하는 책을 누가 보면 어쩌나 하고 전전 긍긍한 적이 있다. 누가 내 감동을 훔쳐 가지나 않을까 하고 인색을 부렸던 적도 있다. 그러나 나이 들어 가고 있기 때문일까. '나누는 기쁨'에 대해 조금씩 느끼는 것이 있다.

이 메시지는 최근에 내가 본 것 중에서 가장 감동을 깊게 한 편지이다.

1855년 미국의 대통령 프랭클린 피어스가 지금의 워싱턴 주에

해당하는 곳의 인디언 스와네족의 추장인 시애틀에게 그들의 땅을 정부에 팔아 달라고 요청했다. 이에 대해 시애틀 추장이 대통령에게 쓴 이 편지는 미국 독립 2백 주년 기념의 한 부분으로 미국 정부에 의해 비로소 공개된 것이다.

"워싱턴에 있는 위대한 지도자인 당신이 우리 땅을 사고 싶다는 요청을 해왔습니다. 또한 우정과 친선의 말들을 우리에게 보내왔습니다. 이런 제스처는 매우 친절하나 그 답례로서 우리의 우정을 별로 필요로 하지 않는다는 것을 우리는 압니다. 그러나 우리는 당신의 제안을 고려할 것입니다. 그 까닭은 만일 우리가 그렇게 하지 않는다면 백인들이 총으로써 우리의 땅을 빼앗아 갈 것을 알기 때문입니다.

당신은 어떻게 하늘을, 땅의 체온을 사고팔 수가 있습니까? 그러한 생각은 우리 인디언들에게는 매우 생소합니다. 더욱이 우리는 공기의 신선함과 물의 거품조차 소유하지 않습니다. 이 땅의 모든 구석구석은 나의 백성들에게는 신성합니다. 저 빛나는 솔잎들이며 모래 해변이며 어둠침침한 숲 속의 안개며 노래하는 벌레들, 이 모두가 내 백성들의 기억과 경험 안에서 성스럽습니다.

백인들이 우리의 사는 방법에 대해 이해하지 못한다는 것을 우리는 알고 있습니다. 당신들은 밤중에 와서 땅으로부터 당신들이 필요로 하는 모든 것을 가져가는 타인입니다. 땅은 백인들에게 있어서 형제가 아니며 적입니다. 그 땅을 정복한 다음에도 그들은 전진을 계속합니다. 게걸스러운 그들의 식욕으로 그 땅을 먹고 나면 뒤에는 오직 사막만이 남습니다. 당신들 도시의 광경은 우리 인디언들의 눈을 아프게 합니다. 그러나 그 이유는 우리 인디언들이 야만인이어서 당신네를 이해하지 못하는 탓이겠지요.

　내가 만일 당신의 제안을 받아들이기로 할 경우엔 하나의 조건을 내놓겠습니다. 짐승들이 없는 곳에서 인간은 무엇입니까? 만일 모든 짐승들이 사라진다면 인간들은 커다란 정신적인 외로움 때문에 죽게 될 것입니다. 왜냐하면 짐승들에게 일어난 일들이 인간에게도 일어나기 때문입니다.

　백인들이 어느 때엔가는 발견하게 될 한 가지 일을 우리는 알고 있습니다. 우리의 신은 바로 같은 신입니다. 당신들이 우리의 땅을 갖기 원하는 것처럼 당신들은 그를 소유하고 있다고 생각할지 모릅니다. 그러나 당신들은 그렇게 할 수 없습니다. 그는 인간들의 신입니다. 그리고 그의 연민은 백인과 인디언들에게 동등합니다. 이 땅은 신에게도 소중합니다. 그러므로 땅을 해롭게 하는 것은 창조주를 수없이 모독하는 것이 됩니다. 그리하여 백인들 또한 소멸될 것입니다. 아마 다른 종족들보다 더 먼저 소멸될는지 모릅니다. 당신의 잠자리를 계속해서 오염시키면 당신은 언젠가 당신 자신의 찌꺼기 안에서 숨 막히게 될 것입니다.

들소들이 모두 살육되고 야생마들이 길들여지고 숲 속의 신성한 구석구석들이 인간들의 냄새로 무거워지고 성숙한 언덕이 주는 광경이 떠들어 대는 부인들로 인해 손상이 될 때 덤불이 어디 있으며 독수리가 어디 있겠습니까? 그것은 생활의 종말이며 죽어가는 것의 시작입니다.

백인의 도시에는 조용한 곳이 없습니다. 봄에 흔들리는 나뭇잎 소리며, 벌레들의 날개들이 바스락거리는 소리를 들을 수 있는 곳이 없습니다. 아마 내가 야만인이고 이해를 못하는 탓인지 소음은 내 귀를 아프게 합니다. 만일 인간이 쏙독새의 아름다운 울음소리와 연못가 개구리들의 논쟁을 들을 수가 없다면 인생에 남는 것이 무엇이겠습니까? 북미의 인디언들은 대낮의 비로 씻기고 소나무 향내를 실은 바람의 부드러운 소리를 더 좋아합니다. 공기는 인디언들에게 더욱 귀한 여김을 받습니다. 동물들과 나무들과 인간들, 이 모든 것들이 같은 숨을 나누어 갖기 때문입니다. 그러나 백인들은 그가 마시는 공기를 알아차리지 못하는 듯합니다. 그들은 죽어 가는 사람처럼 냄새에 무감각합니다.

우리가 만일 백인들이 꿈꾸는 것이 무엇이며 긴 겨울밤 그들의 자녀들에게 어떠한 희망을 얘기해 주며 내일을 향하여 그들의 마음속에 어떤 비전을 태우고 있는가를 알게 된다면 우리는 보다 깊이 이해할 수 있을는지 모릅니다만 우리는 야만인들입니다. 백인들의 꿈은 우리들에게는 감추어져 있습니다. 그것들이 감추어져 있으므로 우리는 우리의 길을 가게 될 것입니다. 만일 우리가 서로 동의한다면 당신이 약속한 우리의 인디언 마을 지정 보유지를 확보하게 될 것입니다. 그곳에서 우리는 우리가 바라는 대로 우리의 짧은 날들을 살아가게 될 것입니다.

마지막 인디언들이 이 땅으로부터 소멸되어 오직 광야를 가로질러 흘러가는 구름의 그림자만이 남을 때, 그때에도 이 해변들과 숲들은 내 백성들의 정신을 간직하고 있을 것입니다. 그 까닭은 그들이 새로 태어난 아기가 엄마 가슴의 고동 소리를 사랑하듯 이 땅을 사랑하기 때문입니다. 우리가 당신에게 우리의 땅을 판 후에 우리가 이 땅을 사랑하듯 사랑하고, 우리가 간수하듯 간수하고 그것에 대한 기억을 당신들 마음속에 간직하시오. 당신이 이 땅을 가져간 후 당신의 모든 힘과 능력과 마음으로써 당신네들의 자녀들을 보호하고 신이 우리를 사랑하듯 사랑하시오. 당신의 신이 우리의 신과 같은 신이라는 그 한 가지를 우리는 알고 있습니다. 이 땅은 그에게 소중합니다.

백인들일지라도 공동의 운명으로부터 제외될 수는 없습니다."

나 내가 잊고 있던 단 한 사람

초판 1쇄 | 2009년 6월 8일
초판 3쇄 | 2012년 11월 20일

지은이 정채봉

발행인 김렴하
에디터 안지선
마케팅 박창석 · 박관호
경영지원 이창대
인쇄 대일문화사

펴낸곳 (주)코리아하우스콘텐츠
주소 경기도 파주시 교하읍 문발리 535-7 세종출판벤처타운 B05호
구입문의 031-955-1057~8
내용문의 031-955-1057~8
FAX 031-955-1059
네이버 카페 http://blog.naver.com/koha2008
등록 제406-2010-000058호

ISBN 978-89-93769-11-1 03810

값 9,500원